Lektor

Bernhard
Schlink

Lektor

przełożyła Karolina Niedenthal

Warszawskie Wydawnictwo Literackie MUZA SA

Tytuł oryginału: ***Der Vorleser***
Redakcja: *Ewa Woźniakowska*
Redakcja techniczna: *Zbigniew Katafiasz*
Korekta: *zespół*

ISBN 978-83-7495-645-1

Warszawskie Wydawnictwo Literackie
MUZA SA
Warszawa 2009

Część pierwsza

1

Kiedy miałem piętnaście lat, zachorowałem na żółtaczkę. Choroba zaczęła się jesienią i skończyła na wiosnę. Im zimniej i ciemniej robiło się pod koniec starego roku, tym miałem mniej sił. Dopiero z początkiem nowego wszystko zaczęło się poprawiać. Styczeń był ciepły i matka wyniosła mi łóżko na balkon. Widziałem niebo, słońce, chmury, słyszałem bawiące się na podwórku dzieci. Kiedyś wczesnym wieczorem usłyszałem śpiew kosa.

A gdy po raz pierwszy wyszedłem, ruszyłem z Blumenstrasse, gdzie mieszkaliśmy na drugim piętrze w masywnym domu z przełomu wieków, i udałem się na Bahnhofstrasse. To tam pewnego październikowego poniedziałku zwymiotowałem w drodze ze szkoły. Od wielu dni czułem się słabo, tak słabo jak nigdy przedtem. Każdy krok okupiony był wysiłkiem. Kiedy w domu albo w szkole szedłem po schodach, nogi prawie odmawiały mi posłuszeństwa. Nie mogłem też jeść. Nawet jeśli siadałem do stołu głodny, niemal od razu pojawiało się obrzydzenie. Rano budziłem się z suchością w ustach i uczuciem ciężkości, tak jakby wszystko wewnątrz mnie tkwiło nie na swoim miejscu. Wstydziłem się, że jestem taki słaby. Wstydziłem się szczególnie, gdy zwymiotowałem. To także wydarzyło się pierwszy raz w moim życiu. Coś nagle wypełniło mi usta, próbowałem to znowu połknąć, zaciskałem wargi, zasłaniałem je ręką, ale wydostawało się na zewnątrz, przeciekało przez palce. Oparłem się o ścianę, spojrzałem na wymiociny u swoich stóp i zwymiotowałem białym śluzem.

Kobieta, która się mną zajęła, była dość szorstka. Wzięła mnie za rękę i poprowadziła przez ciemną bramę na podwórze. Na rozpiętych od okna do okna sznurkach wisiała bielizna. Obok składowano drewno; w otwartym warsztacie skrzypiała piła i fruwały wióry. Przy drzwiach wychodzących na podwórze znajdował się kran. Kobieta odkręciła go, najpierw umyła moją rękę, a potem wodą, której nabrała w obie dłonie, spryskała mi twarz. Wytarłem się chustką do nosa.

– Weź drugie! – rozkazała.

Obok kranu stały dwa wiadra; chwyciła za jedno i nalała do niego wody. Ja wziąłem drugie, napełniłem je i ruszyłem za nią do bramy. Zamachnęła się wiadrem, woda chlusnęła na chodnik i zmyła wymiociny do ścieku. Wyjęła mi wiadro z rąk i puściła kolejny strumień wody.

Wyprostowała się i zobaczyła, że płaczę.

– Chłopczyku – powiedziała zdziwiona. – Chłopczyku.

Wzięła mnie w ramiona. Byłem niewiele wyższy od niej, czułem jej piersi przyciśnięte do mojej, zapach własnego kwaśnego oddechu i jej świeżego potu i nie wiedziałem, co począć z rękoma. Przestałem płakać.

Spytała, gdzie mieszkam, postawiła wiadra w bramie i odprowadziła mnie do domu. Szła obok, w jednej ręce niosła moją torbę z książkami, a drugą ręką trzymała mnie za ramię. Z Bahnhofstrasse na Blumenstrasse jest niedaleko. Szła szybko i zdecydowanie, więc łatwo mi było dotrzymać jej kroku. Przed naszym domem pożegnała się ze mną.

Tego samego dnia matka wezwała lekarza, który zdiagnozował żółtaczkę. Jakiś czas później opowiedziałem jej o tej kobiecie. Nie sądziłem, że kiedykolwiek ją odwiedzę. Ale dla mojej matki było oczywiste, że gdy tylko będę w stanie to zrobić, kupię ze swego kieszonkowego bukiet kwiatów, pójdę się przedstawić i podziękować. Tak więc pod koniec lutego poszedłem na Bahnhofstrasse.

2

Tego domu na Bahnhofstrasse dzisiaj już nie ma. Nie wiem, kiedy i dlaczego go zburzono. Nie byłem przez wiele lat w swoim rodzinnym mieście. Nowy dom, wzniesiony w latach siedemdziesiątych albo osiemdziesiątych, ma pięć pięter, rozbudowane poddasze i gładką jasną fasadę, ale brakuje mu wykuszy i balkonów. Dużo dzwonków wskazuje na wiele małych apartamentów. Apartamentów, do których człowiek wprowadza się i z których wyprowadza, tak jak się wynajmuje, a potem odstawia wynajęty samochód. Na parterze mieści się sklep z komputerami; przed nim były tu już drogeria, sklep spożywczy i wypożyczalnia wideo.

Stary dom miał przy tej samej wysokości cztery kondygnacje: parter z ciosanego i oszlifowanego piaskowca, a nad nim trzy piętra z cegły, z obłożonymi piaskowcem wykuszami, balkonami i obramowaniem okien. Na parter i do klatki wiodło kilka schodków, u dołu szerszych i zwężających się ku górze, po obu stronach ujętych w murowane obrzeża, z żelaznymi poręczami, które kończyły się ornamentem w kształcie muszli ślimaka. Drzwi wejściowe osłaniały kolumny, a z naroży pod dachem całą Bahnhofstrasse obserwowały dwa lwy, jeden patrzył w górę, drugi w dół ulicy. Brama, przez którą kobieta poprowadziła mnie na podwórze do kranu, była bocznym wejściem.

Zauważyłem ten dom już jako mały chłopiec. Górował tu nad innymi. Myślałem sobie, że gdyby zechciał być trochę cięższy i szerszy, sąsiednie domy musiałyby się usunąć, zrobić mu miejsce. Wyobrażałem sobie, że w środku ma sztukaterie, lustra i chodnik w orientalne wzory, przytrzymywany przez wypolerowane na błysk mosiężne pręty. Spodziewałem się, że w tym wielkim domu mieszkają równie wielcy ludzie. Ale ponieważ przez lata osmolił go dym z pociągów, wyobrażałem sobie też, że bogacze, którzy tu żyją, z czasem także stają się ponurzy, zdziwaczali, albo że są głusi, niemi, garbaci lub kulawi.

Później często śnił mi się ten dom. Sny były do siebie podobne, wariacje wokół jednego snu, jednego tematu. Idę przez obce miasto i nagle dostrzegam ten dom. W zupełnie nieznanej mi dzielnicy stoi pośród innych. Idę dalej, zdezorientowany, bo nie znam tych okolic, ale znam ten dom. Potem przychodzi mi do głowy, że już go widziałem. I nie myślę o Bahnhofstrasse w moim rodzinnym mieście, ale o zupełnie innym mieście albo innym kraju. We śnie jestem na przykład w Rzymie, spostrzegam nagle ten dom i przypominam sobie, że widziałem go już w Bernie. To przypomnienie we śnie uspokaja mnie; to, że spostrzegam go w nowym otoczeniu, nie wydaje mi się bardziej dziwne niż przypadkowe spotkanie starego przyjaciela w obcym miejscu. Zawracam, idę w stronę tego domu, wchodzę po stopniach. Chcę wejść do środka. Naciskam klamkę.

Kiedy widzę go na wsi, sen trwa dłużej, albo może lepiej pamiętam później różne szczegóły. Jadę samochodem. Nagle po prawej stronie widzę ten dom, ale jadę dalej, początkowo zbity z tropu tylko dlatego, że dom, który ma najwyraźniej miejski charakter, stoi w szczerym polu. Potem przychodzi mi do głowy, że już go przedtem widziałem, i jestem tym dodatkowo zaniepokojony. Kiedy sobie przypominam, gdzie go ujrzałem, zawracam i jadę z powrotem. Droga we śnie jest pusta, mogę zawrócić z piskiem opon i gnać z wielką prędkością. Boję się, że przyjadę za późno, więc przyspieszam. I wtedy go widzę. Wokół same pola, rzepak, zboże albo winnice w Nadrenii, lawenda w Prowansji. Okolica jest płaska, co najwyżej pagórkowata. Żadnych drzew. Jest zupełnie jasno, świeci słońce, powietrze się skrzy, a szosa lśni od gorąca. Ogniotrwałe ściany sprawiają, że dom wygląda jak odcięty od świata, niedostępny. Mogłyby to być ściany jakiegokolwiek innego domu. Nie jest bardziej ponury niż ten na Bahnhofstrasse. Ale ma całkowicie zakurzone okna i nie można dojrzeć niczego w środku, nawet zasłon. Jest ślepy.

Zatrzymuję się na poboczu i przechodzę przez szosę, idę do drzwi wejściowych. Nie widzę nikogo, niczego nie słyszę, nawet żadnego motoru w oddali, wiatru czy ptaków. Świat jest martwy. Wchodzę po stopniach i naciskam klamkę.

Ale nie otwieram drzwi. Budzę się i wiem tylko, że już położyłem dłoń na tej klamce, że ją nacisnąłem. Przywołuję w pamięci cały sen i wtedy przypominam sobie, że już mi się śnił.

3

Nie znałem nazwiska tej kobiety. Z bukietem w ręku stałem niezdecydowany przed drzwiami i patrzyłem na rząd dzwonków. Najchętniej wróciłbym do domu. Ale wyszedł jakiś mężczyzna, spytał, do kogo się wybieram, i posłał mnie na trzecie piętro, do pani Schmitz.

Żadnych sztukaterii, luster, chodników. Wszystko, co na tej klatce mogło być kiedyś piękne, mimo że bardziej skromne i na pewno nieporównywalne ze wspaniałością fasady, dawno już zniknęło. Czerwona farba na schodach została wydeptana pośrodku, wytłaczane linoleum, przyklejone do ścian na wysokość ramion, wytarło się, a tam, gdzie w balustradzie brakowało poprzeczek, naprężono sznurki. Pachniało pastą do podłóg. Być może zauważyłem to wszystko dopiero później. Za każdym razem było równie biednie, ale tak samo czysto, i zawsze unosiła się woń tej samej pasty, czasami zmieszana z zapachem węgla albo fasoli, pieczonego mięsa lub gotującej się bielizny. Nigdy nie dowiedziałem się niczego więcej o pozostałych lokatorach, znałem tylko te zapachy, kroki za drzwiami mieszkań i tabliczki z nazwiskami pod przyciskami dzwonków. Nie pamiętam, żebym kiedykolwiek spotkał na schodach innych mieszkańców tego domu.

Nie pamiętam już także, jak przywitałem się z panią Schmitz. Przypuszczalnie wyrecytowałem dwa, trzy zdania, które ułożyłem sobie wcześniej na temat mojej choroby, jej pomocy, i pewnie dziękowałem. Zaprowadziła mnie do kuchni.

Było to największe pomieszczenie w mieszkaniu. Znajdowały się tam: piec, zlew, wanna i piec do grzania wody, stół, dwa krzesła, kredens, szafa ubraniowa i kanapa. Kanapę przykrywała czerwona pluszowa kapa. Kuchnia nie miała okna. Światło wpadało przez szyby w drzwiach, które prowadziły na balkon. Nie za dużo było tego światła – w kuchni robiło się widno tylko wtedy, kiedy otwierano drzwi. Ze stolarni na podwórzu dobiegał wówczas zgrzyt piły i zapach drewna.

Do mieszkania należał jeszcze mały, ciasny salon z bufetem, stołem, czterema krzesłami, fotelem klubowym i piecem. Ten pokój zimą prawie nigdy nie był ogrzewany, a i w lecie rzadko go używano. Okno wychodziło na Bahnhofstrasse, na teren dawnego dworca, który wciąż rozgrzebywano i na którym tu i ówdzie położono już fundamenty pod nowe budynki sądu i innych urzędów. No i w mieszkaniu był też klozet bez okna. Kiedy śmierdziało w klozecie, śmierdziało także na korytarzu.

Nie pamiętam również, o czym w tej kuchni rozmawialiśmy. Pani Schmitz prasowała; rozłożyła na stole wełniany koc, na nim lnianą ścierkę i jedną po drugiej brała z kosza kolejną upraną rzecz, prasowała i po złożeniu układała na jednym z dwóch krzeseł. Na drugim siedziałem ja. Prasowała również swoją bieliznę; nie chciałem na to patrzeć, ale nie potrafiłem odwrócić wzroku. Miała na sobie fartuch bez rękawów, jasnoniebieski w małe bladoczerwone pączki kwiatów. Jasnopopielate, długie do ramion włosy spięła klamrą na karku. Jej nagie ramiona były blade. Ruchy rąk, gdy podnosiła żelazko, przesuwała nim po materiale i odstawiała, a potem składała bieliznę, były powolne i skupione, i tak samo powoli i w skupieniu się poruszała, schylała i prostowała. Na jej twarz z tamtych lat nałożyły mi się w pamięci te inne, późniejsze. Kiedy przywołuję ją oczyma wyobraźni, taką jaka wtedy była, pojawia się zawsze bez twarzy. Muszę ją rekonstruować. Wysokie czoło, wystające kości policzkowe, jasnoniebieskie oczy, pełne, równo zarysowane wargi, wydatna szczęka. Szeroka, nieprzystępna, kobieca twarz. Wiem, że wydawała mi się piękna. Ale nie mam jej teraz przed oczami.

4

– Poczekaj no – powiedziała, kiedy wstałem i chciałem iść. – Ja też wychodzę, więc pójdę z tobą kawałek.

Czekałem na korytarzu. Przebierała się w kuchni. Drzwi były nieco uchylone. Zdjęła fartuch i stała w jasnozielonej halce. Na poręczy krzesła wisiały dwie pończochy. Wzięła jedną z nich i chwytając ją na przemian palcami obu rąk, zwinęła w rulon. Starając się utrzymać równowagę, stała na jednej nodze, piętę drugiej wsparła o kolano, pochyliła się, zrolowaną pończochę nasunęła na czubki palców u stopy, którą oparła o krzesło, powoli naciągnęła pończochę na łydkę, kolano i udo, przechyliła się w bok i przypięła ją do pasa. Wyprostowała się i zdjąwszy stopę z krzesła, sięgnęła po drugą pończochę.

Nie mogłem od niej oderwać oczu. Od jej karku i jej ramion, jej piersi, które halka bardziej podkreślała, niż zakrywała, od pośladków, opiętych halką, kiedy opierała piętę o kolano i stawiała ją na krześle, od jej nogi, najpierw nagiej i bladej, a potem obciągniętej jedwabną błyszczącą pończochą.

Czuła moje spojrzenie. Zamarła w pół ruchu, sięgając po drugą pończochę, odwróciła się do drzwi i spojrzała mi w oczy. Nie wiem, jak na mnie patrzyła – ze zdziwieniem, pytająco, przeszywająco, z naganą... Zaczerwieniłem się. Stałem tak chwilę z pałającą twarzą. Potem już dłużej nie wytrzymałem, rzuciłem się do drzwi, wybiegłem z mieszkania, pognałem na dół po schodach, wypadłem na ulicę.

Szedłem powoli. Bahnhofstrasse, Häusserstrasse, Blumenstrasse – od lat chodziłem tędy do szkoły. Znałem każdy dom, każdy ogród, każdy płot, ten, który był co roku na nowo malowany, ten, którego drewno było tak szare i zbutwiałe, że mogłem je rozdrobnić palcami, i żelazne płoty, wzdłuż których jako dziecko biegałem, uderzając patykiem w dźwięczące pręty, i wysoki mur z cegły, za którym w swych fantazjach widziałem jakieś cudowności albo okropieństwa, ale kiedy wreszcie udało mi się na niego wspiąć, ujrzałem tylko nudne, zaniedbane grządki z kwiatami, truskawkami, warzywami. Znałem wyboisty bruk z powłoką smoły na jezdni i zwrotnicą pomiędzy płytami, ułożone nierówno kostki bazaltowe, smołę i żwir na chodniku.

Wszystko tu było znajome. Kiedy serce już mniej mi waliło i twarz przestała palić, to, co spotkało mnie na korytarzu przed kuchnią, odpłynęło gdzieś daleko. Byłem zły. Uciekłem niczym dzieciak, zamiast okazać śmiałość, jakiej od siebie oczekiwałem. Miałem już nie dziewięć lat, a piętnaście. Pozostawało tylko zagadką, jak powinna wyglądać owa śmiałość.

Inną zagadkę stanowiło to, co mnie tam na korytarzu przed kuchnią spotkało. Dlaczego nie mogłem oderwać od niej oczu? Miała takie jędrne i niezwykle kobiece ciało, dużo bardziej obfite niż dziewczyny, które mi się podobały i za którymi się oglądałem. Byłem pewny, że gdybym ją zobaczył na basenie, nie zwróciłbym na nią uwagi. Nie odsłaniała więcej ciała niż dziewczyny i kobiety, które tam widywałem. Poza tym była dużo starsza od tych z moich marzeń. Po trzydziestce? Trudno ocenić lata, których się jeszcze nie przeżyło albo które ma się jeszcze przed sobą.

Dużo później doszedłem do wniosku, że nie mogłem wówczas oderwać od niej oczu wcale nie z powodu jej ciała, ale, całkiem po prostu, z powodu jej postawy i gestów. Prosiłem potem moje przyjaciółki, żeby wkładały pończochy, ale nie chciałem im tłumaczyć, dlaczego je o to proszę, ani opowiadać, co mnie wtedy na tym korytarzu przed kuchnią spotkało. Tak więc moją prośbę rozumiano jako tęsknotę do podwiązek, koronek, erotycznej ekstrawagancji i jeśli ją spełniano, to zawsze w kokieteryjnej pozie. Nie było to coś, od czego nie mógłbym oderwać oczu. Bo ona nie pozowała ani nie kokietowała. Nie przypominam też sobie, żeby robiła to kiedykolwiek później. Pamiętam, że jej ciało, jej postawa i jej ruchy czasami wydawały się ociężałe. Nie dlatego, żeby była ociężała. Sprawiała raczej wrażenie, jakby się chowała w głąb siebie, bezgranicznie poddawała własnemu, niezmąconemu przez żadne płynące z głowy rozkazy, spokojnemu rytmowi i zapominała o zewnętrznym świecie. Takie samo zapomnienie wyrażało się w tym, jak wtedy stała, jakimi ruchami naciągała pończochy. Nie ociężałymi, ale płynnymi, pełnymi wdzięku, uwodzicielskimi. Uwodziła, ale nie biustem, nie pupą czy nogami. Uwodzenie było zaproszeniem, żeby we wnętrzu jej ciała zapomnieć o całym świecie.

Tego wtedy nie wiedziałem – jeśli w ogóle wiem to teraz i dobrze składam to sobie w całość. Ale kiedy wówczas zastanawiałem się, co mnie tak poruszyło, podniecenie wracało. Chcąc rozwiązać tę zagadkę, przywoływałem w pamięci najdrobniejsze szczegóły naszego spotkania, ale wtedy dystans, który zdążyłem sobie wypracować, czyniąc ze wszystkiego tylko nierozwiązaną zagadkę, gdzieś się ulatniał. Znowu miałem wszystko przed oczyma i znowu nie potrafiłem oderwać od tego wzroku.

5

Tydzień później znowu stałem przed jej drzwiami.

Przez cały ten czas próbowałem o niej nie myśleć. Ale nie było niczego, co mogłoby mnie zająć, przyciągnąć moją uwagę; lekarz jeszcze nie pozwalał, żebym wrócił do szkoły, książek po miesiącach czytania miałem już dość, a przyjaciele wprawdzie wpadali na chwilę, ale byłem już tak długo chory, że ich wizyty, podczas których nie dało się przerzucić mostu pomiędzy moją a ich codziennością, stawały się coraz krótsze. Powinienem był wychodzić na spacer, każdego dnia trochę dalej, ale bez przemęczania się. Wysiłek dobrze by mi zrobił.

Jakże przeklęte jest chorowanie w dzieciństwie i młodości! Świat zewnętrzny, świat swobody na podwórku, w ogrodzie albo na ulicy dociera do chorującego jedynie jako dalekie, stłumione odgłosy. A w środku, w pokoju, panoszy się świat historii i postaci, o których czytał. Gorączka osłabia postrzeganie i zaostrza fantazję, czyniąc z tego pokoju jakąś nową, lecz zarazem dobrze znajomą, a mimo to obcą przestrzeń; z wzorów na zasłonach i tapetach wyłaniają się paszcze potworów, a krzesła, stoły, półki z książkami i szafa piętrzą się niczym góry, budynki lub statki, są blisko, na wyciągnięcie ręki, ale jednocześnie gdzieś hen, hen daleko. Nocą, kiedy nie śpi, przez długie godziny nasłuchuje uderzeń zegara na kościelnej wieży, odgłosów z rzadka przejeżdżających samochodów, widzi odbicie reflektorów, które omiatają smugą światła ściany i sufit. Godziny bez snu, ale nie bezsenne, nie puste, bo pełne tęsknoty, wspomnień, lęków i żądzy wiją meandry labiryntów, w których gubi się i odnajduje, i znowu gubi. Godziny, kiedy wszystko jest możliwe, dobro i zło.

Wszystko to powoli mija, gdy następuje poprawa. Choroba jednak trwała na tyle długo, że pokój pacjenta stał się już hermetyczny, a powracający do zdrowia, mimo że bez gorączki, nadal gubi się w tych labiryntach.

Budziłem się każdego ranka z wyrzutami sumienia, czasami w mokrych albo poplamionych spodniach od piżamy. Obrazy, sceny, które śniłem, nie były w porządku. Wiedziałem, że matka, proboszcz, który przygotowywał mnie do konfirmacji i którego uwielbiałem, moja starsza siostra, której zawierzałem tajemnice mego dzieciństwa, nie skarciliby mnie za to. Ale upominaliby tak czule i troskliwie, co mogłoby być jeszcze gorsze niż wszelka nagana. Szczególnie nie w porządku było to, że nawet gdy nie śniły mi się te obrazy i sceny, sam je potem wymyślałem.

Nie wiem, jak zebrałem się na odwagę, żeby pójść do pani Schmitz. Czy wpajanie mi różnych morałów odniosło odwrotny skutek? Skoro pożądanie spojrzeniem jest równie złe jak prawdziwe zaspokajanie żądzy, a fantazjowanie o tym na jawie równie niedobre jak wymyślony akt, to czemu by nie iść na skróty i mieć je oba: i zaspokojenie, i akt. Z każdym dniem wiedziałem coraz lepiej, że nie zdołam porzucić grzesznych myśli. Zapragnąłem więc także grzesznego czynu.

Przemyślałem to sobie tak: pójście tam może być niebezpieczne. Ale właściwie mało prawdopodobne, żeby owo niebezpieczeństwo się zrealizowało. Pani Schmitz przywita mnie ze zdumieniem, wysłucha moich słów usprawiedliwiających dziwne zachowanie i miło się ze mną pożegna. Niebezpieczniej będzie nie pójść, bo wtedy narażę się na ryzyko, że nie ucieknę od swoich fantazji. Tak więc postąpię słusznie, jeśli tam pójdę. Pani Schmitz zachowa się normalnie, ja zachowam się normalnie, i wszystko znowu stanie się normalne.

Tak to sobie wykoncypowałem, poddałem moje pożądanie dziwacznej moralnej kalkulacji i nakazałem zamilknąć sumieniu. Ale to za mało, bym się zdobył na odwagę i poszedł do pani Schmitz.

Wymyśliłem więc sobie, że gdyby matka, wielebny proboszcz i starsza siostra gruntownie wszystko rozważyli, na pewno nie odważyliby się mnie przed tym powstrzymać, a nawet musieliby zażądać, bym do niej poszedł; to zadecydowało. Tak naprawdę pójście do pani Schmitz było czymś zupełnie innym. Nie wiem, dlaczego to zrobiłem. Dzisiaj jednak rozpoznaję w tamtym zdarzeniu regułę, według której zawsze składałem, albo i nie, moje myślenie i działanie w jedną całość. Rozmyślam, dochodzę do wniosku, wniosek przypieczętowuję decyzją, a potem widzę, że działanie jest jakąś rzeczą samą w sobie, i że może, ale nie musi, podążać za decyzją. Dostatecznie często robiłem podczas mojego życia coś, na co się nie zdecydowałem, i nie robiłem tego, co już postanowiłem. Cokolwiek to jest, działa na mnie: jadę do kobiety, której nie chcę już widzieć, czynię uwagę pod adresem przełożonego, którą podkopuję siebie samego, palę papierosy, mimo że postanowiłem rzucić palenie, i rzucam palenie, kiedy uznaję, że jestem i na zawsze pozostanę palaczem. Nie uważam, żeby decydowanie i myślenie nie miały żadnego wpływu na działanie. Ale ono potem nie jest realizacją tego, co zostało przedtem pomyślane i już zdecydowane. Ma własne źródło i na swój równie niezależny sposób jest tak samo moim działaniem, jak moje myślenie jest moim myśleniem, a moje decydowanie moim decydowaniem.

6

Nie było jej w domu. Drzwi wejściowe do budynku zostawiono uchylone, wszedłem na górę po schodach, zadzwoniłem i odczekałem chwilę. Zadzwoniłem jeszcze raz. W mieszkaniu wszystko było pootwierane, przez szybę w drzwiach widziałem korytarz, a w nim lustro, wieszak i zegar. Słyszałem, jak tyka.

Usiadłem na schodach i czekałem. Nie czułem ulgi, jakiej mógłby doznać ktoś, kto już się na coś zdecydował i najpierw ma mdłości, bo obawia się konsekwencji, a potem się cieszy, że zrealizował postanowienie i zdołał ich uniknąć. Nie byłem także rozczarowany. Byłem zdecydowany ją zobaczyć i czekać, aż przyjdzie.

Zegar w korytarzu wybił już następny kwadrans, pół godziny, godzinę. Próbowałem nadążyć za jego cichym tykaniem i policzyć dziewięćset sekund od jednego do drugiego uderzenia, ale za każdym razem coś mnie rozpraszało. W podwórzu skrzypiała piła stolarza, z któregoś z mieszkań docierały jakieś głosy, muzyka, otwierały się drzwi. Potem usłyszałem, że ktoś idzie po schodach miarowym, powolnym, ciężkim krokiem. Miałem nadzieję, że zatrzyma się na drugim piętrze. Gdyby mnie zobaczył, jak bym mu wyjaśnił, co tu robię? Ale kroki nie zatrzymały się na drugim piętrze. Podążały wyżej. Wstałem.

Była to pani Schmitz. W jednej ręce niosła szuflę na koks, w drugiej pojemnik z brykietem. Miała na sobie mundur: marynarkę i spódnicę, i odgadłem, że jest konduktorką w tramwaju. Nie zauważyła mnie, dopóki nie dotarła do podestu. Nie wyglądała na rozzłoszczoną, zdziwioną, ubawioną – nic z tego, czego się obawiałem. Wyglądała na zmęczoną. Kiedy odstawiła pojemnik i szukała w kieszeni klucza, na podłogę z brzękiem posypały się monety. Podniosłem je i oddałem jej.

– W piwnicy są jeszcze dwie takie szufle. Możesz je napełnić i przynieść? Drzwi są otwarte – powiedziała.

Zbiegłem na dół. Drzwi do piwnicy były otwarte, światło się paliło. Kiedy zszedłem po długich schodach, znalazłem się przy zbitym z desek przepierzeniu; drzwi obok zostawiono lekko uchylone, skobel wisiał na ryglu. Pomieszczenie było duże, a koks piętrzył się aż po małe okno pod sufitem, przez które wsypywano go z ulicy. Po jednej stronie drzwi leżały starannie ułożone brykiety, a po drugiej szufle na koks.

Nie wiem, co zrobiłem nie tak. W domu też przynosiłem węgiel z piwnicy i nigdy nie miałem z tym problemu. Jednakże w domu nie tworzył on takiej wysokiej pryzmy. Napełnienie pierwszej szufli poszło dobrze. Ale kiedy chwyciłem za drugą, żeby podnieść leżący na ziemi koks, pryzma nagle zaczęła się ruszać. Z góry spadały małe grudki w dużych, a duże grudy w małych podskokach i im były niżej, tym szybciej się obsuwały, toczyły po ziemi, rozsypywały. Wzbijały do góry czarny pył. Zdrętwiały z przerażenia, tkwiłem w miejscu, co chwila obrywałem to jednym, to drugim odłamkiem i już wkrótce koks sięgał mi po kostki.

Kiedy góra przestała się ruszać, przeszedłem po koksie i napełniłem drugą szuflę, później szukałem miotły, znalazłem ją i zgarnąłem z powrotem wszystkie grudki, które potoczyły się aż na korytarz, potem zamknąłem drzwi i wniosłem obie szufle na górę.

Pani Schmitz siedziała ze szklanką mleka przy kuchennym stole. Zdjęła już marynarkę, poluzowała krawat i rozpięła górny guzik koszuli. Zobaczyła mnie i zaczęła się śmiać, najpierw parskając tylko i usiłując się powstrzymać, ale potem już na cały głos. Pokazywała na mnie palcem, a drugą ręką uderzała w stół.

– Jak ty wyglądasz, chłopczyku, jak ty wyglądasz! – powtarzała.

Wtedy i ja zobaczyłem w lustrze nad zlewem swoją czarną twarz i też się roześmiałem.

– Nie możesz tak pójść do domu. Napuszczę ci wody i wytrzepię ubranie – powiedziała. Podeszła do wanny i odkręciła kurek. Woda lała się z szumem, parowała. – Zdejmij wszystko ostrożnie, nie potrzebuję tu w kuchni czarnego miału.

Ociągając się, zdjąłem sweter i koszulę i znowu zacząłem się wahać. W wannie szybko przybywało wody, była już prawie pełna.

– Zamierzasz się kąpać w butach i spodniach, chłopczyku? Nie będę patrzeć – powiedziała.

A jednak kiedy zakręciłem kran i zdjąłem także majtki, przyglądała mi się spokojnie. Zaczerwieniłem się, wszedłem do wanny, dałem nura pod wodę. Kiedy się wynurzyłem, była już z moim ubraniem na balkonie. Słyszałem, jak obstukuje buty jeden o drugi, jak trzepie spodnie i sweter. Krzyknęła coś na dół o pyle węglowym i o trocinach, z dołu coś jej odkrzyknięto, roześmiała się. Wróciła do kuchni i położyła moje rzeczy na krześle. Rzuciła mi tylko przelotne spojrzenie.

– Weź szampon i umyj też włosy. Zaraz przyniosę ci ręcznik – powiedziała. Wyjęła coś z szafy i wyszła z kuchni.

Myłem się. Woda w wannie była brudna, puściłem nową, żeby pod jej strumieniem spłukać głowę i twarz. Potem leżałem bez ruchu, wsłuchiwałem się w bulgot pieca, czułem na twarzy chłodne powietrze, które płynęło przez uchylone kuchenne drzwi, i czułem gorącą wodę na ciele. Było mi dobrze, podniecająco dobrze. Mój członek zesztywniał.

Kiedy weszła do kuchni, nie podniosłem głowy; zrobiłem to dopiero, gdy stanęła przed wanną. W rozpostartych ramionach trzymała wielki ręcznik.

– Chodź! – rozkazała.

Odwróciłem się do niej plecami i kiedy wstawałem i wychodziłem z wanny, owinęła mnie od głowy po stopy miękkim ręcznikiem i wycierała do sucha. Potem upuściła go na podłogę. Nie odważyłem się poruszyć. Przysunęła się do mnie tak blisko, że czułem na plecach jej piersi, na pośladkach jej brzuch. Ona także była naga. Objęła mnie ramionami, jedną rękę położyła na mojej piersi, a drugą na moim sztywnym członku.

– To dlatego tu jesteś!

– Ja... – nie wiedziałem, co mam powiedzieć. Ani nie, ani tak. Odwróciłem się. Prawie jej nie widziałem. Staliśmy zbyt blisko siebie. Byłem porażony jej nagim ciałem. – Jaka jesteś piękna.

– Ach, chłopczyku, co też ty mówisz! – Roześmiała się i zarzuciła mi ręce na szyję.

Wziąłem ją w ramiona.

Bałem się: dotyku, całowania, tego, że się jej nie spodobam, że jej nie wystarczę. Ale gdy trzymaliśmy się w objęciach i czułem jej zapach, ciepło i siłę, wszystko stało się oczywiste. Poznawałem jej ciało rękami, ustami, nasze wargi się spotykały i wreszcie była nade mną, twarz przy twarzy, tak długo, aż zacząłem szczytować i zamknąłem mocno oczy, najpierw próbowałem się opanować, ale potem krzyczałem tak głośno, że zasłoniła mi ręką usta i zdusiła ten krzyk.

7

Tej nocy zakochałem się w niej. Spałem płytkim snem, tęskniłem za nią i śniłem o niej, myślałem, że czuję jej obecność, dopóki nie zorientowałem się, że trzymam w rękach poduszkę albo kołdrę. Bolały mnie usta od całowania. Co chwila czułem podniecenie, ale nie chciałem się sam zaspokoić. Nie chciałem już nigdy sam się zaspokajać. Chciałem być z nią.

Czy zakochałem się w niej dlatego, że się ze mną przespała? Do dzisiaj po każdej nocy spędzonej z kobietą mam wrażenie, że mnie rozpieszczała i że muszę się jej za to odwdzięczyć, próbując ją pokochać, by spłacić dług – jej i światu, któremu zawierzyłem.

Jedno z moich niewielu wyraźnych wspomnień z dzieciństwa dotyczy pewnego zimowego poranka, kiedy miałem cztery lata. Pokoju, w którym wtedy spałem, nie ogrzewano i nocą oraz z rana panował w nim często istny ziąb. Pamiętam ciepłą kuchnię i gorący piec, ciężki i żeliwny, w którym, kiedy odciągnęło się pogrzebaczem płytki i kółka fajerek, widać było żywy ogień, i na którym w specjalnym naczyniu zawsze stała gorąca woda. Do tego pieca moja matka przysuwała krzesło, ja na nie wchodziłem, a ona mnie myła i ubierała. Pamiętam błogie uczucie ciepła i rozkosz, jaką sprawiało mi mycie i ubieranie w tej kuchni. Pamiętam też, że za każdym razem, kiedy tylko powracało to wspomnienie, zastanawiałem się, dlaczego matka mnie tak rozpieszczała. Czy byłem chory? Czy moje rodzeństwo miało coś, czego ja nie miałem? Czy tego dnia czekało mnie coś nieprzyjemnego, trudnego, czemu musiałem stawić czoło?

I właśnie dlatego, że kobieta, dla której nie wymyśliłem jeszcze imienia, rozpieszczała mnie poprzedniego popołudnia, następnego dnia znowu poszedłem do szkoły. Chciałem przy okazji zademonstrować swoją dopiero co zdobytą męskość. Nie, żebym zamierzał się popisywać. Czując jednak przypływ sił i swoją wyższość, pragnąłem tę siłę i przewagę skonfrontować z moimi szkolnymi kolegami oraz nauczycielami. A poza tym, mimo że z nią o tym nie rozmawiałem, pomyślałem sobie, że jako konduktorka często pracuje do późnego wieczora albo i do nocy. Jak miałbym ją co dzień widywać, gdybym został jeszcze w domu i mógł odbywać tylko rekonwalescencyjne spacery?

Kiedy wróciłem od niej do siebie, rodzice, siostry i brat siedzieli przy kolacji.

– Dlaczego wracasz tak późno? – spytał ojciec. – Matka już się o ciebie martwiła. – Wydawał się bardziej zły niż zaniepokojony.

Powiedziałem, że się zgubiłem; zaplanowałem spacer przez Cmentarz Zasłużonych do Molkenkuru, ale od dawna już nigdzie nie byłem i w końcu doszedłem do Nussloch.

– Nie miałem pieniędzy i musiałem wracać z Nussloch piechotą – wyjaśniłem.

– Mogłeś złapać jakąś okazję – wtrąciła się moja młodsza siostra, która czasami jeździła autostopem, ale rodzice tego nie pochwalali.

– Molkenkur i Nussloch! To dwa różne kierunki. – Starszy brat parsknął pogardliwie.

Starsza siostra przyjrzała mi się badawczo.

– Jutro idę do szkoły – oznajmiłem.

– Uważaj więc dobrze na geografii. Jest północ i południe. A słońce wschodzi...

– Jeszcze trzy tygodnie, tak powiedział lekarz – matka przerwała mojemu bratu.

– Jeśli może spacerować przez Cmentarz Zasłużonych do Nussloch i z powrotem, to może także chodzić do szkoły. Nie sił mu brak, tylko rozumu – szydził dalej brat.

Jako mali chłopcy wciąż się ze sobą biliśmy, a potem zamieniło się to w ciągłe docinanie. Był trzy lata starszy i w jednym, i w drugim miał nade mną przewagę. Pewnego dnia przestałem mu oddawać i w ten sposób ostudziłem jego zapał do walki. Od tej pory ograniczał się do dogryzania mi przy każdej okazji.

– Co o tym sądzisz? – matka zwróciła się do ojca.

Odłożył nóż i widelec na talerz, odchylił się do tyłu i złożył ręce na brzuchu. Milczał i zamyślony patrzył tak jak zawsze, kiedy matka zaczynała coś mówić na temat dzieci albo domu. A ja, jak za każdym razem, zastanawiałem się, czy rzeczywiście myśli nad odpowiedzią, czy o własnej pracy. Może nawet próbował skupić się na tym, o co go spytała matka, nie mógł jednak, już raz oddawszy się myśleniu, nie powrócić do własnych rozważań na temat pracy. Był profesorem filozofii i myślenie stało się jego życiową pasją, myślenie i czytanie, pisanie i nauczanie.

Czasami odnosiłem wrażenie, że my, jego rodzina, jesteśmy dla niego jak zwierzęta domowe. Jak pies, z którym się idzie na spacer, albo kot, z którym można się pobawić, lub taki, który zwinie się w kłębek na kolanach i mrucząc, pozwoli się pogłaskać – można to nawet polubić, można tego nawet w jakiś sposób potrzebować, ale kupowanie karmy, czyszczenie kuwety i chodzenie do weterynarza to już jednak przesada. Bo życie jest gdzie indziej. Chciałbym bardzo, żebyśmy my, jego rodzina, byli jego życiem. Czasami chciałbym, żeby nie było tu mojego zrzędzącego brata i mojej bezczelnej młodszej siostry. Ale tego wieczoru nagle ich wszystkich szalenie polubiłem. Moja mała siostrzyczka. Przypuszczam, że nie było jej wcale łatwo jako najmłodszej z całego rodzeństwa i że mogłaby sobie nie poradzić, gdyby nie ta jej bezczelność. Mój starszy brat. Mieliśmy wspólny pokój, co dla niego było z pewnością trudniejsze niż dla mnie, a na dodatek, odkąd zachorowałem, musiał mi go całkiem odstąpić i spać na kanapie w salonie. Jakże miałby nie zrzędzić? Mój ojciec. Dlaczego my, jego dzieci, mamy być jego życiem? Podrośliśmy i jesteśmy dostatecznie duzi, żeby niedługo opuścić dom.

Czułem się tak, jakbyśmy po raz ostatni siedzieli wspólnie wokół okrągłego stołu pod pięcioramiennym mosiężnym lichtarzem z pięcioma świecami, ostatni raz jedli ze starych talerzy zdobionych na brzegach zielonymi pędami winorośli, rozmawiali ostatni raz i ostatni raz byli sobie tacy bliscy. Czułem się jak podczas pożegnania. Byłem tu jeszcze i zarazem już mnie nie było. Tęskniłem za matką, ojcem i za rodzeństwem, ale odczuwałem także tęsknotę za kobietą.

Ojciec spojrzał w moją stronę.

– Jutro idę do szkoły, tak to powiedziałeś, nieprawdaż?

– Tak – odparłem.

A więc zauważył, że do niego, a nie do matki skierowałem te słowa i że nie zapytałem, czy powinienem tam iść.

Pokiwał głową.

– Zatem pozwólmy ci pójść do szkoły. Jeśli to będzie dla ciebie zbyt męczące, możesz znowu zostać w domu – orzekł.

Byłem uradowany. Ale jednocześnie czułem, że pożegnanie już się dokonało.

8

Przez następne dni pani Schmitz pracowała na poranną zmianę. Wracała do domu o dwunastej, a ja, żeby czekać na nią na schodach przed jej mieszkaniem wagarowałem, opuszczając ostatnie lekcje. Braliśmy prysznic i kochaliśmy się. Tuż przed wpół do drugiej ubierałem się w wielkim pośpiechu i biegłem do domu. O wpół do drugiej jedliśmy obiad. W niedzielę podawano go już o dwunastej, ale ona także zaczynała i kończyła poranną zmianę później.

Chętnie zrezygnowałbym z tych pryszniców. Była pedantycznie czysta, zawsze rano brała prysznic, ale ja lubiłem zapach jej perfum, świeżego potu i tramwaju, który przynosiła z pracy. Lubiłem też jej mokre namydlone ciało; zgadzałem się, żeby namydlała mnie, sam też ją myłem, uczyła mnie, żeby się tego nie wstydzić, robić to zdecydowanie, egzekwować swoje prawo do dokładności. Także kiedy się kochaliśmy, brała mnie oczywiście w swoje posiadanie. Jej usta przywierały do moich, jej język bawił się moim, powiedziała mi, gdzie i jak mam ją dotykać, a kiedy mnie ujeżdżała, dostawała orgazmu; służyłem jej tylko do tego, żeby budzić i zaspokajać jej żądzę. Nie, żeby była niedelikatna i nie rozbudzała we mnie pożądania, ale robiła to dla własnej przyjemności, dopóki się nie nauczyłem, że ja także mogę ją posiąść.

To nastąpiło później. Nigdy dobrze tego nie opanowałem. Długo też nie czułem, że mi tego brakuje. Byłem młody i szybko kończyłem, a kiedy potem znowu powoli się ożywiałem, godziłem się chętnie, żeby znów mnie posiadła. Przypatrywałem się jej, kiedy była nade mną, jej brzuchowi, który nad pępkiem miał głęboką fałdkę, jej piersiom, prawej odrobinę większej niż lewa, jej twarzy z otwartymi ustami. Opierała ręce na mojej piersi i odrywała je w ostatnim momencie, podnosząc głowę i wydobywając z siebie spazmatyczny urywany okrzyk, który za pierwszym razem mnie przestraszył i którego dopiero później pożądliwie oczekiwałem.

Po tym wszystkim byliśmy całkowicie wyczerpani. Często zasypiała, leżąc na mnie. Słyszałem odgłosy piły na dworze i pokrzykiwanie robotników, którzy przy niej pracowali i starali się ją przekrzyczeć. Kiedy piła milkła, do kuchni wdzierał się uliczny szum z Bahnhofstrasse. Słyszałem wtedy nawoływania bawiących się dzieci i wiedziałem, że lekcje się skończyły i że już minęła pierwsza. Sąsiad, który zaraz po południu wracał do domu, wysypywał karmę dla ptaków; zlatywały się gołębie i gruchały na jego balkonie.

– Jak masz na imię? – zapytałem szóstego lub siódmego dnia.

Zasnęła na mnie i właśnie się obudziła. Do tej pory unikałem mówienia do niej per pani albo na ty.

Od razu się podniosła.

– Co? Co takiego?

– Pytam, jak masz na imię!

– Dlaczego chcesz to wiedzieć? – Patrzyła na mnie podejrzliwie.

– Ty i ja... Znam twoje nazwisko, ale nie znam imienia. Chcę tylko wiedzieć, jak masz na imię. Co w tym...

Roześmiała się.

– Nic, chłopczyku, nie ma w tym nic złego. Hanna. Tak mam na imię.

Śmiała się dalej i nie mogła przestać. Zaraziła mnie tym śmiechem.

– Tak dziwnie spojrzałaś.

– Byłam zaspana. A ty, jak ty się nazywasz, chłopczyku?

Myślałem, że wiedziała. Szkolnych rzeczy nie nosiło się już w torbie, tylko pod pachą, i kiedy kładłem je tu w kuchni na stole, było na nich moje nazwisko, na zeszytach, także na książkach, które nauczyłem się obkładać w mocny papier i naklejać na nich etykietkę z tytułem i moim nazwiskiem. Ale nie zauważyła tego.

– Michael Berg.

– Michael, Michael, Michael – powtarzała moje imię, jakby chciała je wypróbować. – Mój chłopczyk nazywa się Michael i jest studentem...

– Uczniem.

– Jest uczniem i ma, ile, siedemnaście lat?

Byłem dumny z tych dwóch lat, które mi dodała, i przytaknąłem.

– Ma siedemnaście lat i kiedy będzie duży, chce być słynnym... – czekała na podpowiedź.

– Nie wiem, kim chcę być.

– Ale pilnie się uczysz?

– No, tak. – I powiedziałem jej jeszcze, że jest dla mnie ważniejsza niż nauka i szkoła. I że wolałbym bywać u niej dużo częściej. – I tak będę siedział.

– Gdzie będziesz siedział?

Uniosła się na łóżku. Rozmowa, którą teraz prowadziliśmy, była naszą pierwszą prawdziwą rozmową.

– W drugiej niższej*. Za dużo opuściłem w ostatnich miesiącach, kiedy chorowałem. Jeśli miałbym dać radę, musiałbym się uczyć jak głupi. I teraz musiałbym być w szkole – przyznałem się do wagarowania.

– Wynocha! – Odrzuciła pierzynę. – Wynocha z mojego łóżka! I nie wracaj, póki wszystkiego nie nadrobisz. Głupia jest twoja nauka, głupia? Jak myślisz, czym jest sprzedawanie i dziurawienie biletów?

Podniosła się i stojąc nago pośrodku kuchni, udawała konduktorkę. Lewą ręką otworzyła małą teczkę z bloczkami biletów i kciu-

---

* W szkole średniej nauka odbywała się na trzech poziomach: niższym, średnim i wyższym. Każdy z nich podzielony był na klasy. Poziom niższy to klasy szósta, piąta i czwarta; poziom średni – klasa trzecia niższa i wyższa oraz druga niższa; poziom wyższy – klasa druga wyższa oraz pierwsza niższa i wyższa. (Wszystkie przypisy pochodzą od tłumacza).

kiem, na którym tkwiła gumowa nasadka, oderwała dwa bilety, zaczęła potrząsać prawą ręką, aż udało jej się złapać uchwyt dyndającego na przegubie dziurkacza i dwukrotnie nacisnęła.

– Dwa razy Rorbach!

Puściła dziurkacz, wyprostowała rękę, wzięła banknot, otworzyła trzymaną na brzuchu torebkę z pieniędzmi, włożyła tam banknot, zamknęła torebkę i z przytwierdzonego obok pojemnika na bilon wyłuskała kilka monet reszty.

– Kto jeszcze nie ma biletu? – Spojrzała na mnie. – Głupia? Nie wiesz, co jest głupie.

Siedziałem na brzegu łóżka. Byłem jak ogłuszony.

– Przykro mi. Postaram się wszystko nadrobić. Nie wiem tylko, czy zdążę, za sześć tygodni jest koniec roku szkolnego. Spróbuję. Ale nie dam rady, jeśli nie będę mógł cię widywać. Ja...

Już chciałem powiedzieć: Kocham cię. A jednak zrezygnowałem. Może miała rację, pewnie tak. Ale nie miała prawa żądać, bym bardziej przyłożył się do nauki, i od tego uzależniać, czy będziemy się widywali.

– Nie mogę cię nie widywać – powiedziałem.

Zegar na korytarzu wybił wpół do drugiej.

– Musisz iść. – Zawahała się. – Od jutra mam popołudniową zmianę. O wpół do szóstej wracam do domu i wtedy możesz przyjść. Jeśli przedtem popracujesz.

Staliśmy nago naprzeciwko siebie, ale nawet w mundurze nie mogłaby mi się wydać bardziej nieprzystępna. Nic z tego nie rozumiałem. Czy chodziło jej o mnie? Czy o siebie? Jeśli moja nauka jest głupia, to jej praca jest dopiero głupia – czy to ją obraziło? Ale przecież wcale nie powiedziałem, że jej lub moja praca jest głupia. A może nie chciała mieć za kochanka takiego nieudacznika. Ale czy ja byłem jej kochankiem? Kim byłem dla niej? Ubierałem się powoli, marudziłem trochę i miałem nadzieję, że coś jeszcze powie. Ale nic nie mówiła. W końcu się ubrałem, a ona wciąż stała nago pośrodku kuchni i kiedy objąłem ją na pożegnanie, nie zareagowała.

9

Dlaczego ogarnia mnie taki smutek, kiedy myślę o tamtych czasach? Czy to z tęsknoty za minionym szczęściem? A szczęśliwy byłem przez następne tygodnie, podczas których pracowałem rzeczywiście jak głupi i udało mi się przejść do wyższej klasy; kochaliśmy się wtedy, jakby nic innego nie liczyło się na świecie. Czy też z powodu wiedzy o wszystkim, co zdarzyło się potem, i że wyszło na jaw tylko to, co już wcześniej było widoczne?

Dlaczego? Dlaczego to, co było piękne, blaknie, kiedy wracamy do tego pamięcią, kruszy się i rozpada, bo kryło okropną prawdę? Dlaczego zalewa nas żółć na wspomnienie szczęśliwego małżeństwa, kiedy okazuje się, że jedno z partnerów przez te wszystkie lata miało kochanka? Bo co? Bo nie można być w takiej sytuacji szczęśliwym? Ale przecież było się szczęśliwym! Czasami, kiedy koniec jest bolesny, wspomnienie nie odpowiada prawdzie o szczęściu. Czy o szczęściu może być mowa tylko wtedy, kiedy jest wieczne? I boleśnie może się skończyć tylko to, co było bolesne, bolesne bólem nieświadomym albo niezauważonym? Ale co może być bardziej nieświadome niż niezauważony ból?

Myślę o tamtych czasach i widzę siebie. Nosiłem eleganckie garnitury, które pozostawił po sobie bogaty wujek i które wraz z wieloma parami dwukolorowych butów, czarno-brązowych, czarno-białych, z zamszu i z gładkiej skóry, przypadły mi w udziale. Miałem za długie ręce i za długie nogi, ale nie chodziło o to, że nie pasowały na mnie te garnitury, bo matka je podłużała, tylko chodziło o koordynację moich ruchów. Miałem tanie okulary, za które płaciła kasa chorych, i włosy jak potargana szczotka, cokolwiek bym z nimi zrobił. W szkole nie szło mi zbyt dobrze, ale nie należałem do najsłabszych; sądzę, że wielu nauczycieli w ogóle mnie nie dostrzegało, tak jak i grono uczniów, którzy nadawali ton klasie. Nie lubiłem swojego wyglądu, ubioru, sposobu, w jaki się poruszałem, tego, jak sobie radziłem z wieloma sprawami, i nie lubiłem tego, jak mnie traktowano. Ale ile było we mnie energii, ile wiary, że pewnego dnia będę górował nad innymi urodą i mądrością, że będę podziwiany, ile wiązało się z tym oczekiwań, z którymi wychodziłem naprzeciw nowym ludziom i sytuacjom.

Czy właśnie to napawa mnie smutkiem? Ów zapał i owa wiara, które mnie wtedy wypełniały i które wymogły na życiu tę obietnicę, nigdy i nigdzie niedającą się dotrzymać? Czasami widzę w twarzach dzieci i nastolatków taki sam zapał i wiarę i patrzę na nie z takim samym smutkiem, z jakim myślę o sobie po latach. Czy to w ogóle jest smutek? Czy to smutek nas ogarnia, kiedy piękne wspomnienia kruszeją, gdy wraca się do nich pamięcią, bo wspomniane szczęście nie wynikało z prawdziwej sytuacji, ale z obietnicy, która nigdy nie została dotrzymana?

Ona, Hanna, miałem wtedy zacząć tak ją nazywać, co też robiłem, nie żyła oczywiście obietnicą, ale teraźniejszością, i tylko nią.

Pytałem o jej przeszłość i odpowiadała mi tak, jakby tę odpowiedź wygrzebywała z zakurzonej skrzyni. Wychowała się w Siedmiogrodzie, jako siedemnastolatka przyjechała do Berlina, była robotnicą u Siemensa i w wieku dwudziestu jeden lat trafiła do wojska. Od końca wojny radziła sobie, chwytając się wszystkich możliwych prac. W zawodzie konduktorki, który wykonuje od kilku lat, lubi umundurowanie i ruch, zmieniające się widoki i stukot kół pod nogami. Niczego więcej w nim nie lubi. Nie ma żadnej rodziny. Ma trzydzieści sześć lat. Wszystko to opowiadała tak, jakby dotyczyło nie jej życia, tylko życia kogoś innego, kogo dobrze nie zna i kto jej nie obchodzi. Jeśli domagałem się jakichś szczegółów, już ich nie pamiętała i nie rozumiała, dlaczego interesuje mnie to, co się stało z jej rodzicami, czy miała rodzeństwo, jak wyglądało jej życie w Berlinie, co robiła w Siedmiogrodzie.

– Co ty jeszcze chcesz wiedzieć, chłopczyku?! – mówiła.

Tak samo było z przyszłością. Nie snułem oczywiście żadnych planów o małżeństwie czy założeniu rodziny. Ale bardziej przemawiał do mnie przykład związku Juliana Sorela z madame de Rênal niż z Matyldą de la Mole. I wolałem zobaczyć Feliksa Krulla w ramionach matki niż córki. Kiedy moja siostra, która studiowała germanistykę, opowiedziała przy stole o sporze na temat tego, czy pana von Goethe i panią von Stein łączyła afera miłosna, czy nie, broniłem zaciekle, ku zdumieniu rodziny, tej pierwszej teorii. Wyobraziłem sobie, jak mógłby wyglądać nasz związek za pięć, dziesięć lat. Spytałem Hannę, jak ona sobie go wyobraża. Ale nie chciała wybiegać myślą dalej niż do Wielkanocy, kiedy to miałem zamiar pojechać z nią na wycieczkę rowerową. Moglibyśmy, udając matkę i syna, wziąć wspólny pokój i być całą noc razem.

Co dziwne, to wyobrażenie i ten plan wcale mnie nie krępowały. Gdybym jednak podróżował z własną matką, na pewno walczyłbym o osobny pokój. Wydawało mi się, że chodzenie do lekarza albo kupowanie nowego płaszcza w towarzystwie matki czy też odbieranie mnie przez nią po powrocie z podróży nie przystawało już do mojego wieku. Kiedy gdzieś z nią wychodziłem i spotykaliśmy moich kolegów ze szkoły, bałem się, że wezmą mnie za maminsynka. Ale z pokazywania się z Hanną, która chociaż dziesięć lat młodsza od mojej matki, mogłaby nią być, nic sobie nie robiłem. Byłem z tego dumny.

Kiedy dzisiaj widzę trzydziestosześcioletnią kobietę, uważam ją za młodą. Ale kiedy dziś patrzę na piętnastoletniego chłopca, widzę przed sobą dziecko. Dziwię się, ile pewności sobie dała mi Hanna. Ten mój sukces zwrócił uwagę nauczycieli i zapewnił mi szacunek. Dziewczęta, które spotykałem, zauważyły to i podobało im się, że wcale się ich nie boję. Dobrze się czułem w swoim ciele.

W pamięci zachowały mi się wyraźnie pierwsze spotkania z Hanną, ale wszystkie te tygodnie pomiędzy naszą rozmową a końcem roku zlewają się w jedną całość. Powodem tego jest regularność, z jaką się widywaliśmy i z jaką przebiegały nasze spotkania. Innym powodem jest to, że nigdy przedtem nie miałem tak wypełnionego dnia, a moje życie jeszcze nigdy nie toczyło się równie szybko i intensywnie. Kiedy teraz przypominam sobie swoją pracę w tamtych tygodniach, wydaje mi się, że jak już raz zasiadłem do biurka, to siedziałem przy nim tak długo, aż nadrobiłem wszystkie zaległości z czasu żółtaczki, nauczyłem się wszystkich słówek, przeczytałem wszystkie teksty, przeprowadziłem wszystkie dowody matematyczne i zapisałem wszystkie wzory chemiczne. O Republice Weimarskiej i o Trzeciej Rzeszy czytałem jeszcze podczas leżenia w łóżku. Nasze spotkania mam także w pamięci jako jedno jedyne, długie popołudnie. Od naszej ostatniej rozmowy zawsze spotykaliśmy się po południu: od trzeciej do wpół do piątej, kiedy miała wieczorną zmianę, w pozostałe dni zawsze o wpół do szóstej. O siódmej była kolacja i Hanna z początku nastawała, bym punktualnie wracał do domu. Ale po pewnym czasie nie wystarczało nam półtorej godziny i zacząłem szukać wymówek, żeby opuścić kolację.

Powodem było czytanie. Następnego dnia po naszej rozmowie Hanna spytała mnie, czego się uczę w szkole. Opowiedziałem jej o eposach Homera, mowach Cycerona i napisanej przez Hemingwaya historii o starym człowieku i jego walce z rybą i morzem. Chciała usłyszeć, jak brzmi greka, a jak łacina, więc przeczytałem jej fragmenty *Odysei* i *Mowy przeciw Katylinie*.

– A uczysz się też niemieckiego? – spytała.

– O co ci chodzi?

– No, czy uczysz się tylko obcych języków, czy też jest się czego uczyć we własnym języku?

– Czytamy teksty.

Kiedy chorowałem, klasa czytała *Emilię Galotti* oraz *Intrygę i miłość* i trzeba było napisać o tym wypracowanie. Musiałem więc przeczytać obie sztuki i robiłem to, kiedy ze wszystkim innym już się uporałem. Ale wtedy byłem tak zmęczony, że następnego dnia nie pamiętałem tego, co przeczytałem, i musiałem czytać jeszcze raz.

– Czytaj na głos! – zażądała.

– Sama sobie przeczytaj, przyniosę ci.

– Masz taki piękny głos, chłopczyku, że wolę cię słuchać niż sama czytać.

– Ach, nie wiem...

Ale kiedy przyszedłem nazajutrz i chciałem ją pocałować, nie pozwoliła.

– Najpierw masz mi poczytać!

Mówiła serio. Musiałem więc przez pół godziny czytać na głos *Emilię Galotti*, zanim wzięła mnie pod prysznic, a potem do łóżka. Teraz już byłem z tego rad. Żądza, z którą do niej przyszedłem, zdążyła minąć, kiedy czytałem. Czytanie sztuki na głos tak, żeby rozróżnić i ożywić poszczególne postacie, wymaga koncentracji. W wodzie żądza powracała. Czytanie, kąpiel, miłość, trochę leżenia obok siebie – to stanowiło rytuał naszych spotkań.

Była uważną słuchaczką. Jej śmiech, pogardliwe parskanie i oburzone lub aprobujące okrzyki nie pozostawiały wątpliwości, że podąża w napięciu za akcją i że ma Emilię, tak jak i Luizę za głupie dziewuchy. Niecierpliwość, z jaką nieraz prosiła, żebym czytał dalej, brała się z nadziei, że głupota musi wreszcie polec.

– Niemożliwe!

Czasami sam czułem przymus dalszego czytania. Kiedy dni stały się dłuższe, czytałem dłużej, żeby o zmierzchu być z nią w łóżku. Gdy zasypiała na mnie, a piła na podwórzu milkła, śpiewał kos i znikały kolory ze ścian kuchni, tak że widać już było tylko jaśniejsze i ciemniejsze odcienie szarości, czułem się bezgranicznie szczęśliwy.

10

Pierwszego dnia ferii wielkanocnych wstałem o czwartej rano. Hanna pracowała na poranną zmianę. Kwadrans po czwartej wyruszała rowerem do zajezdni tramwajowej, a o wpół do piątej była już w drodze do Schwetzingen. Tramwaj w tamtą stronę, jak mi mówiła, był na ogół pusty. Zapełniał się dopiero w drodze powrotnej.

Wsiadłem na drugim przystanku. W tylnym wagonie nie było nikogo, w pierwszym obok motorniczego stała Hanna. Wahałem się, czy wsiąść tam, czy do drugiego, ale zdecydowałem się na ten z tyłu. Obiecywałem sobie po nim prywatność, uściski, pocałunki. Ale Hanna nie przychodziła. Musiała zauważyć, że czekałem na przystanku i że wsiadłem. Tylko dlatego tramwaj się zatrzymał. Ale dalej stała obok motorniczego, rozmawiała z nim, żartowała. Widziałem to.

Na kolejnym przystanku tramwaj się nie zatrzymał. Nikt tam nie stał, nie czekał. Ulice były puste. Słońce jeszcze nie wzeszło i pod białym niebem w bladym świetle wszystko wydawało się blade: domy, parkujące samochody, pokryte świeżą zielenią drzewa i kwitnące krzewy, wieża gazowni i góry w oddali. Tramwaj jechał wolno; przypuszczalnie rozkład dopasowano do czasu przejazdu i postoju na przystankach, trzeba więc było wydłużyć tempo jazdy, bo po drodze nigdzie się nie zatrzymywaliśmy. Tkwiłem zamknięty we wlokącym się wagonie. Najpierw usiadłem, potem stanąłem na przedniej platformie i wbiłem wzrok w Hannę; powinna poczuć na plecach moje spojrzenie. Odwróciła się po chwili i spojrzała na mnie przelotnie.

Wróciła do rozmowy z motorniczym. Jechaliśmy dalej. Za Eppelheim szyny nie były już wpuszczone w jezdnię, tylko biegły wzdłuż drogi po małym żwirowym nasypie. Tramwaj z równomiernym turkotem kół przyspieszał. Widziałem, jak mijamy kolejne przystanki i zmierzamy w kierunku Schwetzingen. Czułem się odepchnięty, wykluczony z normalnego świata, gdzie ludzie mieszkają, pracują, kochają się. Jakbym został skazany na tę bezcelową, bezkresną jazdę w pustym wagonie.

Zobaczyłem przystanek z małą budką w szczerym polu. Pociągnąłem za linkę, którą konduktorzy sygnalizują motorniczemu, że ma się zatrzymać albo ruszyć dalej. Tramwaj stanął. Ani Hanna, ani motorniczy nie odwrócili się w moją stronę, gdy rozległ się dzwonek. Kiedy wysiadałem, miałem wrażenie, że oboje przyglądają mi się z uśmiechem. Ale nie byłem tego pewny. Potem tramwaj ruszył, a ja patrzyłem za nim, póki nie zjechał najpierw w dół, a później nie zniknął za pagórkiem. Stałem pomiędzy nasypem a jezdnią, dookoła widziałem pola, drzewa owocowe, a za nimi w dali gospodarstwo ogrodnicze ze szklarniami. Powietrze było rześkie. Wypełniał je świergot ptaków. Białe niebo połyskiwało nad górami różową poświatą.

Jazda tramwajem była jak zły sen. Gdybym nie zapamiętał tak wyraźnie jej zakończenia, chętnie bym ją za taki uznał. Stałem na przystanku, słuchałem ptaków i patrzyłem na wschód słońca. I czułem się tak, jakbym się właśnie obudził. Ale budzenie się ze złego snu niekoniecznie przynosi ulgę. Może za to zwrócić człowiekowi uwagę na te straszne rzeczy, które mu się przyśniły, albo nawet na straszną prawdę, na jaką się natknął we śnie. Ruszyłem z powrotem do domu, po policzkach płynęły mi łzy i dopiero kiedy doszedłem do Eppelheim, wziąłem się w garść i przestałem płakać.

Do domu dobrnąłem na piechotę. Parę razy na próżno próbowałem zatrzymać jakiś samochód. W połowie drogi minął mnie tramwaj. Był pełen ludzi. Hanny nie widziałem.

W południe czekałem na schodach pod jej drzwiami. Smutny, przestraszony, wściekły.

– Znowu wagarujesz? – spytała.

– Mam ferie. Co to było dziś rano?

Otworzyła drzwi, wszedłem za nią do korytarza, a potem do kuchni.

– A co miało być?

– Dlaczego udawałaś, że mnie nie znasz. Chciałem...

– Udawałam, że cię nie znam? – Odwróciła się i spojrzała mi zimno w oczy. – To ty nie chciałeś mnie znać. Wsiadasz do tylnego wagonu, chociaż widzisz, że jestem w przednim.

– A po co pierwszego dnia ferii miałbym o wpół do piątej rano jechać do Schwetzingen? Przecież to jasne. Chciałem ci zrobić niespodziankę, bo myślałem, że się ucieszysz. Wsiadłem do drugiego...

– Biedne dziecko! Wstaje o wpół do piątej i to w czasie ferii. – Kpiła sobie ze mnie. Nigdy jeszcze takiej jej nie widziałem. Kręciła głową. – A skąd ja mam wiedzieć, po co jedziesz do Schwetzingen. Skąd mam wiedzieć, dlaczego mnie nie chcesz znać. To twój problem, nie mój. Możesz już sobie pójść?

Nie jestem w stanie opisać, jak byłem oburzony.

– To nie w porządku, Hanno. Wiedziałaś, musiałaś wiedzieć, że tylko dla ciebie jechałem tym tramwajem. Jak mogłaś myśleć, że nie chcę cię znać? Gdybym nie chciał cię znać, w ogóle bym nim nie jechał.

– Ach, daj mi spokój. Powiedziałam ci już, że to, co robisz, to twój problem, nie mój.

Stanęła tak, żeby stół był między nami; jej wzrok, głos i jej gesty wskazywały na to, że traktuje mnie jak intruza i żąda, żebym sobie poszedł.

Usiadłem na kanapie. Źle się w stosunku do mnie zachowała i chciałem, żeby się wytłumaczyła. Ale nawet do tego nie doszedłem. Zaatakowała mnie. Zacząłem tracić pewność siebie. Może miała rację, nie obiektywną, ale subiektywną? Chyba mogła, musiała mnie źle zrozumieć? Może ją zraniłem, wcale nie mając takiego zamiaru, wbrew moim zamiarom, ale jednak zraniłem.

– Przykro mi, Hanno. Wszystko poszło nie tak, jak miało pójść. Nie chciałem cię obrazić, ale wydaje mi się...

– Wydaje ci się? Myślisz, że mnie obraziłeś? Ty nie możesz mnie obrazić, nie ty. Pójdziesz już wreszcie? Wracam z pracy i chcę wziąć kąpiel, chcę mieć spokój.

Patrzyła na mnie wyzywająco. A kiedy nawet nie drgnąłem, wzruszyła ramionami. Odwróciła się do mnie tyłem, puściła wodę do wanny i zaczęła się rozbierać.

Wtedy się podniosłem i wyszedłem z mieszkania. Myślałem, że na zawsze. Ale już po półgodzinie stałem znowu przed jej drzwiami. Wpuściła mnie do środka i wziąłem wszystko na siebie. Byłem bezmyślny, bezwzględny i bez serca. Rozumiałem, że jest obrażona. Rozumiałem, że nie jest obrażona, ponieważ ja nie zdołałbym jej obrazić. Rozumiałem, że nie zdołałbym jej obrazić, ale po prostu nie mogła mi pozwolić na takie zachowanie. Na koniec poczułem się szczęśliwy, kiedy przyznała, że ją zraniłem. A więc nie była aż tak niewzruszona, tak obojętna na wszystko, jak udawała.

– Przebaczysz mi?

Pokiwała głową.

– Kochasz mnie?

Znowu pokiwała.

– Wanna jest jeszcze pełna. Chodź, wykąpię cię.

Później zastanawiałem się, czy zostawiła wodę w wannie, bo wiedziała, że jednak wrócę. Czy dlatego się rozbierała, bo wiedziała, że nie zapomnę tego widoku i że to każe mi do niej wrócić. Może tylko chciała wygrać ten siłowy pojedynek. Kiedy skończyliśmy się kochać i leżeliśmy obok siebie, a ja opowiadałem jej, dlaczego wsiadłem do drugiego zamiast do pierwszego wagonu, przekomarzała się ze mną.

– Nawet w tramwaju chcesz to ze mną robić? Chłopczyku, ach, chłopczyku!

Wyglądało na to, że przyczyna naszej sprzeczki nie miała dla niej żadnego znaczenia.

Ale jej rezultat już je miał. Nie tylko przegrałem ten spór. Co więcej, po krótkiej walce, kiedy groziła, że mnie wyrzuci, że będzie mnie unikała, skapitulowałem zupełnie. Przez następne tygodnie już ani razu nie próbowałem z nią walczyć. Kiedy mi groziła, kapitulowałem bezwarunkowo. Brałem wszystko na siebie. Przyznawałem się do błędów, których nigdy nie popełniłem, wyznawałem zamiary, których nigdy nie powziąłem. Kiedy stawała się zimna i twarda, żebrałem o to, żeby znowu była dla mnie dobra, żeby mi wybaczyła, żeby mnie kochała. Czasami czułem, że chyba sama cierpi z powodu swojej oziębłości i uporu. Tak, jakby tęskniła do moich ciepłych przeprosin, zapewnień i zaklęć. Czasami jednak myślałem, że po prostu triumfuje nade mną. Ale tak czy inaczej nie miałem wyboru.

Nie mogłem z nią o tym rozmawiać. Napomknięcie o naszych kłótniach prowadziło tylko do następnych. Raz czy dwa napisałem do niej długi list. Ale nie zareagowała i kiedy ją o to spytałem, odpowiedziała pytaniem:

– Znowu zaczynasz?

11

Nie, to nie tak, żebyśmy po tym pierwszym dniu ferii wielkanocnych czuli się razem nieszczęśliwi. Nigdy nie byliśmy bardziej szczęśliwi niż wtedy, w owe kwietniowe dni. I nieważne, jak zaciekły był ten pierwszy spór, nie miały znaczenia wszystkie inne nasze kłótnie, bo to, co rytuał czytania, kąpieli, kochania się, leżenia obok siebie w nas otwierał, bardzo nam pomagało. Hanna jednak nadal obstawała przy swoim, zarzucała mi, że nie chciałem jej wtedy znać. Gdybym zamierzał się z nią pokazać, w zasadzie nie miałaby nic przeciwko temu.

– Ale to przecież ty nie chciałaś, żeby mnie z tobą zobaczono.

Nie dała sobie nic powiedzieć. A tydzień po Wielkanocy pojechaliśmy rowerami na czterodniową wyprawę. Wimpfen, Amorbach, Miltenberg...

Nie pamiętam już, co powiedziałem rodzicom. Że jadę z moim przyjacielem Mathiasem? Z grupą? Że chcę odwiedzić dawnego kolegę z klasy? Matka przypuszczalnie martwiła się jak zazwyczaj, a ojciec jak zawsze uważał, że nie powinna się niepokoić. Czyż nie zaliczyłem klasy, czego nikt by się po mnie nie spodziewał?

Kiedy chorowałem, nie wydawałem swojego kieszonkowego. Ale i tak nie starczyłoby mi pieniędzy, gdybym miał zapłacić również za Hannę. Spróbowałem więc sprzedać swój zbiór znaczków w sklepie obok kościoła św. Ducha. Był to jedyny sklep filatelistyczny, który, zgodnie z ogłoszeniem na drzwiach, skupował całe kolekcje. Sprzedawca przejrzał klasery i zaproponował mi sześćdziesiąt marek.

Zwróciłem mu uwagę na najwspanialszy okaz, prosto przycięty egipski znaczek z piramidą, który w katalogu wyceniono na czterysta. Wzruszył ramionami. Jeśli jestem aż tak przywiązany do swoich znaczków, to może powinienem je sobie zatrzymać. I czy w ogóle wolno mi je sprzedawać? Co powiedzieli na to moi rodzice? Próbowałem się targować. Skoro znaczek z piramidą nie ma żadnej wartości, to go po prostu zatrzymam. A za resztę mógłby mi dać tylko trzydzieści marek. O, czyżby jednak miał jakąś wartość? W końcu stanęło na siedemdziesięciu markach. Czułem się oszukany, ale było mi wszystko jedno.

Nie tylko ja miałem rajzefiber. Ku mojemu zdziwieniu Hanna także już na wiele dni przed wyjazdem była niespokojna. Wciąż nie mogła się zdecydować, co ma ze sobą zabrać, pakowała i przepakowywała plecak i specjalne torby na rower, które dla niej zdobyłem. Kiedy miałem pokazać jej na mapie trasę, nad którą się jeszcze zastanawiałem, o niczym nie chciała słyszeć ani niczego oglądać.

– Jestem zbyt zdenerwowana, chłopczyku. Sam to zrobisz lepiej.

Wyruszyliśmy w świąteczny poniedziałek. Słońce świeciło, świeciło przez całe cztery dni. Rano było rześko, a za dnia ciepło, nie za gorąco jak na jazdę rowerem, ale dostatecznie ciepło na piknik. Lasy wyglądały jak rozłożyste dywany zieleni w żółto-, jasno-, butelkowo-, niebiesko- oraz czarnozielone cętki i plamy. Na równinie nad Renem kwitły już pierwsze drzewa owocowe. W Odenwaldzie otwierały się pączki forsycji.

Często udawało się nam jechać obok siebie i wtedy pokazywaliśmy sobie wszystko, co widzieliśmy po drodze: zamek, wędkarza, statek na rzece, namiot, rodzinę spacerującą gęsiego wzdłuż brzegu, amerykański krążownik szos z otwieranym dachem. Kiedy zmienialiśmy kierunek albo wjeżdżaliśmy na nową drogę, musiałem jechać pierwszy; Hanna nie chciała myśleć o kierunkach, o drogach. Jeśli panował zbyt duży ruch, jechała za mną, ale czasem to ja trzymałem się z tyłu. W jej rowerze zasłonięte były szprychy oraz łańcuch. Miała na sobie niebieską rozkloszowaną sukienkę, która, kiedy podwiewał ją pęd powietrza, furkotała w trakcie jazdy. Musiało upłynąć trochę czasu, zanim przestałem się bać, że jednak dostanie się w szprychy albo w zębatkę i że Hanna spadnie z roweru. Potem już lubiłem patrzeć na nią, kiedy jechała przede mną.

Ależ ja się cieszyłem na te wspólne noce. Wyobrażałem sobie, jak się kochamy, zasypiamy, budzimy, znowu się kochamy, znowu zasypiamy, znowu budzimy i tak dalej, noc w noc. Ale obudziłem się tylko pierwszej nocy. Hanna leżała odwrócona do mnie tyłem, nachyliłem się nad nią i pocałowałem, a wtedy położyła się na plecach i wchłonęła mnie w siebie, trzymając w ramionach.

– Mój chłopczyku, mój chłopczyku.

Usnąłem na niej. Następne noce przesypialiśmy, zmęczeni jazdą, słońcem i wiatrem. Kochaliśmy się rano.

Hanna pozostawiała mi nie tylko wybór kierunków i drogi. Sam szukałem również zajazdów, w których nocowaliśmy. Wpisywałem nas do kart meldunkowych jako matkę i syna, a ona jedynie to podpisywała. Sam wybierałem z karty jedzenie, nie tylko dla siebie, ale i dla niej.

– Chciałabym już nigdy o nic się nie troszczyć.

Jedyną kłótnię mieliśmy w Amorbach. Obudziłem się wcześniej, ubrałem po cichu i wymknąłem z pokoju. Zamierzałem przynieść śniadanie na górę i zobaczyć, czy znajdę otwartą kwiaciarnię, żeby kupić Hannie różę. Zostawiłem jej kartkę na stoliku obok łóżka: „Dzień dobry! Poszedłem po śniadanie, zaraz wracam", czy jakoś podobnie. Kiedy wróciłem, stała pośrodku pokoju, blada jak kreda i na wpół ubrana, i trzęsła się ze złości.

– Jak mogłeś tak po prostu sobie wyjść!

Odstawiłem tacę ze śniadaniem i różą, chciałem wziąć ją w ramiona.

– Hanno...

– Nie dotykaj mnie!

W ręku trzymała wąski skórzany pasek, który nosiła do sukienki. Cofnęła się o krok i zdzieliła mnie nim po twarzy. Pękła mi warga, poczułem smak krwi. Nie bolało, ale byłem przerażony. Znowu się zamachnęła.

Ale już nie uderzyła. Zwiesiła rękę, wypuściła z niej pasek i rozpłakała się. Jeszcze nigdy nie widziałem jej płaczącej. Miała wykrzywioną twarz, otwarte oczy, otwarte usta, powieki po pierwszych łzach już opuchnięte, czerwone plamy na policzkach i na szyi. Z jej ust dobywały się chrypiące gardłowe dźwięki podobne do bezgłośnego krzyku, jaki wydawała, kiedy się kochaliśmy. Stała tak i patrzyła na mnie przez łzy.

Powinienem był wziąć ją w ramiona. Ale nie mogłem. Nie wiedziałem, co robić. U nas w domu tak się nie płakało. Nie biło się, nawet ręką, a już na pewno nie skórzanym paskiem. Rozmawiało się. Ale co miałem wówczas powiedzieć?

Zrobiła dwa kroki w moją stronę, rzuciła mi się na pierś, biła pięściami, wczepiła się we mnie. Udało mi się ją przytrzymać. Drżały jej ramiona, waliła czołem w moją pierś. Wreszcie westchnęła głęboko i przytuliła się.

– Zjemy śniadanie? – Oderwała się ode mnie. – Mój Boże, chłopczyku, jak ty wyglądasz!

Przyniosła mokry ręcznik i wytarła mi usta i brodę.

– Koszula też jest cała we krwi – powiedziała.

Zdjęła ze mnie koszulę, a potem spodnie i w końcu sama się rozebrała, i znowu się kochaliśmy.

– Co się właściwie stało? Dlaczego byłaś taka wściekła?

Leżeliśmy obok siebie, zaspokojeni i zadowoleni, myślałem więc, że zaraz wszystko się wyjaśni.

– Co się stało, co się stało... Dlaczego zadajesz mi takie głupie pytania. Przecież nie możesz sobie ot tak wychodzić.

– Zostawiłem ci kartkę...

– Kartkę?

– Usiadłem na łóżku. Tam, gdzie ją położyłem, na nocnym stoliku, już jej nie było. Wstałem, zacząłem szukać, obok stolika i pod nim, pod łóżkiem, w łóżku. Nie znalazłem.

– Nie rozumiem. Napisałem ci, że poszedłem po śniadanie i że zaraz wrócę.

– Tak? Napisałeś? Nie widzę żadnej kartki.

– Nie wierzysz mi?

– Chciałabym ci uwierzyć. Ale nie widzę tu żadnej kartki.

I na tym zakończyliśmy naszą kłótnię. Może nagły podmuch wiatru porwał kartkę i poniósł ją gdzieś daleko, zapodział na zawsze? A może to wszystko – jej wściekłość, moja pęknięta warga, jej obrażona twarz i moja bezsilność – wynikło tylko z nieporozumienia? Czy powinienem był dalej szukać tej kartki, przyczyny wybuchu Hanny, przyczyny mojej bezsilności?

– Poczytaj mi coś, chłopczyku!

Przytuliła się do mnie, a ja wziąłem *Nicponia* Eichendorffa i zacząłem czytać w miejscu, gdzie ostatnio skończyłem. *Nicponia* łatwo się czytało na głos, łatwiej niż *Emilię Galotti* czy *Intrygę i miłość*. Hanna znowu słuchała z przejęciem. Podobały jej się wplecione w tekst wiersze. Podobały jej się przebrania, pomyłki, perypetie oraz zasadzki, w które bohater wikła się we Włoszech. Mimo to cały czas miała mu za złe, że jest nicponiem, który nic nie robi, niczego nie umie i umieć nie chce. Była zachwycona książką i kiedy już ją do końca przeczytałem, potrafiła po kilku godzinach zaskoczyć mnie pytaniem.

– Poborca ceł, czy to nie był dobry zawód?

Znowu opowiedziałem ze szczegółami o naszej kłótni, chciałbym więc teraz opowiedzieć także o naszym szczęściu. Dzięki kłótni staliśmy się sobie bardziej bliscy. Widziałem Hannę płaczącą; Hanna, która płacze, była mi bliższa niż ta, która zawzięcie milczy. Zaczęła się odsłaniać, pokazywać z łagodniejszej strony, takiej, której jeszcze nie znałem. Dopóki się nie zagoiła, co chwila oglądała moją pękniętą wargę, delikatnie jej dotykała.

Od tej pory kochaliśmy się już inaczej. Przedtem długo pozwalałem, żeby przejmowała inicjatywę, żeby mnie brała w swoje władanie. Potem nauczyłem się tego, że i ja mogę ją posiąść. Ale w czasie tej podróży i później nie walczyliśmy już tylko o tę władzę.

Mam wiersz, który wtedy napisałem. Sam w sobie nie ma żadnej wartości. Byłem wówczas zapatrzony w Rilkego i Benna i widzę po tym wierszu, że chciałem im obu dorównać. Widzę także, jak blisko byliśmy wtedy z Hanną. Oto wiersz:

Kiedy się sobie otwieramy
ty siebie mnie a ja tobie mnie
kiedy się zapadamy
we mnie ty a w tobie ja
kiedy przemijamy
ty mnie w i tobie w ja.

Wtedy
ja jestem ja
a ty jesteś ty.

12

Nie zachowałem żadnych wspomnień na temat kłamstw, które przedstawiłem rodzicom po podróży z Hanną, ale pamiętam cenę, jaką musiałem zapłacić za to, żebym mógł zostać w domu sam w ostatni tydzień wakacji. Nie przypominam już sobie, dokąd moi rodzice, starsza siostra i brat wyjeżdżali. Problemem była młodsza siostra. Miała się przenieść do rodziny swojej przyjaciółki. Ale skoro ja zostawałem w domu, to ona też. Na to rodzice nie chcieli się zgodzić. Musiałbym więc i ja wyjechać do rodziny przyjaciela.

Z perspektywy czasu uważam za warte podkreślenia, że moi rodzice byli gotowi mnie, piętnastolatka, zostawić samego w domu na cały tydzień. Czy spostrzegli moją samodzielność, którą rozwinąłem w sobie dzięki spotkaniu Hanny? Czy z tego, że mimo wielomiesięcznej choroby zaliczyłem klasę, wywnioskowali, że można mieć do mnie większe zaufanie i że jestem bardziej odpowiedzialny, niż do tej pory dałem po sobie poznać? Nie pamiętam również, czy kiedykolwiek byłem rozliczany z tych wielu godzin spędzanych u Hanny. Rodzice prawdopodobnie założyli, że skoro jestem już zdrowy, wolę być z kolegami, uczyć się z nimi, spędzać u nich wolny czas. No i czwórka dzieci to stadko, a uwaga rodziców nie może objąć wszystkich i koncentruje się na tym z nich, które szczególnie przysparza problemów. Ja robiłem to dostatecznie długo, więc rodzice odetchnęli z ulgą, że jestem zdrowy i że przejdę do następnej klasy.

Kiedy spytałem młodszą siostrę, co chciałaby dostać za przeniesienie się na tydzień do swojej przyjaciółki, żebym mógł zostać sam w domu, zażądała dżinsów – mówiliśmy na nie *blue jeans* albo „spodnie z nitami" – i „nicki", czyli sweterka z aksamitnym połyskiem. Rozumiałem to dobrze. Dżinsy były wówczas czymś specjalnym i bardzo szykownym, a przede wszystkim dawały nadzieję na uwolnienie się od wełnianych garniturów w jodełkę i sukienek w wielkie kwiatowe wzory. Tak jak ja musiałem donaszać ubrania po wujku, tak ona nosiła wszystko po naszej starszej siostrze. Nie miałem jednak pieniędzy.

– To ukradnij! – powiedziała obojętnie.

Poszło zadziwiająco łatwo. Wziąłem różne dżinsy do przymierzenia i wraz z nimi jedną parę w jej rozmiarze, wszedłem do kabiny, no i potem wyniosłem je ze sklepu ukryte na brzuchu pod luźnymi spodniami od garnituru. Sweterek ukradłem w Kaufhofie. Pewnego dnia łaziliśmy z siostrą od stoiska do stoiska po całym dziale z konfekcją damską, aż wreszcie znaleźliśmy właściwe stoisko i odpowiedni sweterek. Następnego dnia sam w pośpiechu i zdecydowanym krokiem przemierzyłem ten dział, złapałem sweterek, schowałem go pod marynarkę i już byłem na zewnątrz. Dzień później ukradłem jedwabną nocną koszulę dla Hanny, zobaczył mnie jednak sklepowy detektyw, rzuciłem się więc do ucieczki, pędziłem co sił w nogach, jakbym walczył o życie, i z trudem zdołałem uciec. Potem przez wiele lat nie przekroczyłem progu tego sklepu.

Od czasu naszych wspólnych nocy i rowerowej wycieczki co noc tęskniłem za tym, żeby czuć jej obecność obok siebie, móc się do niej przytulać, dotykać brzuchem jej pupy, przywierać do jej pleców, kłaść rękę na jej piersiach, a budząc się, szukać jej i ją znajdować, przesuwać nogą po jej nogach, a twarz przyciskać do jej ramienia. Samotny tydzień w domu równał się siedmiu nocom z Hanną.

Któregoś wieczoru zaprosiłem ją do siebie i przygotowałem dla niej kolację. Do ostatniego momentu, dopóki nie skończyłem gotować, stała obok mnie w kuchni. Potem, kiedy wnosiłem talerze, czekała w drzwiach między jadalnią a salonem. Usiadła przy okrągłym stole, na miejscu, gdzie zazwyczaj siedział ojciec. Rozglądała się dookoła.

Dotykała każdej rzeczy, biedermajerowskich mebli, fortepianu, starego zegara w wysokiej obudowie, obrazów, półek z książkami, naczyń i sztućców na stole. Kiedy zostawiłem ją samą, żeby przygotować deser, po powrocie nie zastałem jej przy stole. Chodziła z pokoju do pokoju, a na dłużej zatrzymała się tylko w gabinecie mojego ojca. Stałem w milczeniu, oparty o framugę i patrzyłem na nią. Jej wzrok, jakby coś czytała, wędrował po regałach z książkami, które wypełniały całe ściany. Potem podeszła do jednego z nich i wodziła palcem po grzbietach książek na półce, która sięgała jej do piersi, przeszła do następnej i dalej robiła to samo, książka po książce, aż okrążyła tak cały pokój. Stanęła przy oknie, wyjrzała w ciemność i zobaczyła tam lustrzane odbicie regałów, książek i swojej twarzy.

To jeden z obrazów Hanny, jaki mi po niej pozostał. Zgromadziłem je wszystkie w pamięci i mogę rzucić na mój wewnętrzny ekran, a później oglądać, niezmienione i nienaruszone przez czas. Niekiedy myślę, że więcej po nie już nie sięgnę. Ale powracają same i zdarza się, że muszę je potem jeszcze wiele, wiele razy wyświetlać, oglądać wciąż od nowa. Jeden z tych obrazów to Hanna wkładająca pończochy w kuchni. Drugi to Hanna, która stoi przed wanną i w wyciągniętych ramionach trzyma rozpostarty ręcznik. Kolejny to Hanna na rowerze, w trzepoczącej podczas jazdy sukience. No i jeszcze Hanna w gabinecie mojego ojca. Ma na sobie sukienkę w niebieskie i białe paseczki, na którą wtedy mówiło się szmizjerka. Wygląda w niej młodo. Przeciąga palcem po grzbietach książek i patrzy przez okno. Teraz obraca się w moją stronę, tak szybko, że sukienka jeszcze owija się jej wokół nóg, zanim opadnie i z powrotem się wygładzi. Ma zmęczone spojrzenie.

– Czy to są książki, które twój ojciec tylko przeczytał, czy także je napisał? – spytała.

Wiedziałem, że były tu dwie książki ojca, jedna o Kancie, druga o Heglu; odszukałem obie i pokazałem jej.

– Przeczytaj mi jakiś kawałek, chłopczyku. Nie chcesz?

– Ja...

Nie, nie chciałem. Ale też nie chciałem jej odmówić. Wziąłem książkę o Kancie, autorstwa mojego ojca, i zacząłem czytać na głos o analityce i dialektyce, jakiś fragment, którego oboje nie rozumieliśmy.

– Wystarczy?

Patrzyła na mnie tak, jakby wszystko zrozumiała albo jakby nie było ważne, czy się to rozumie, czy nie.

– Ty też kiedyś będziesz pisał takie książki?

Pokręciłem głową.

– Będziesz pisał inne?

– Nie wiem.

– Będziesz pisał sztuki?

– Nie wiem, Hanno.

Pokiwała głową. Potem zjedliśmy deser i poszliśmy do niej. Wolałbym spać z nią w moim łóżku, ale nie chciała. U mnie w domu czuła się jak intruz. Nie wyraziła tego słowami, ale dała do zrozumienia sposobem, w jaki stała w kuchni, w drzwiach jadalni, chodziła z pokoju do pokoju, przyglądała się książkom ojca i jak siedziała ze mną przy stole.

Dałem jej jedwabną nocną koszulę. Miała kolor oberżyny i cienkie ramiączka, odsłaniała ramiona i ręce i sięgała do kostek. Błyszczała się i mieniła. Hanna cieszyła się, śmiała i promieniała. Popatrzyła na siebie, okręciła się w kółko, zrobiła parę tanecznych kroków, przez krótką chwilę obserwowała swe odbicie w lustrze i dalej tańczyła. To także jest obraz, który mi został po Hannie.

13

Rozpoczęcie kolejnego roku szkolnego zawsze odczuwałem jako początek czegoś nowego. Przejście na poziom drugi wyższy przyniosło radykalną zmianę. Moja klasa została rozwiązana i podzielona na trzy grupy, które przyłączono do trzech innych równoległych klas. Wielu uczniów nie pokonało tego progu i nie przeszło na poziom wyższy, tak więc z czterech małych klas powstały trzy duże.

W gimnazjum, do którego chodziłem, przez długie lata kształcono tylko chłopców. Kiedy zaczęto przyjmować dziewczęta, było ich z początku tak niewiele, że nie zostały rozdzielone do wszystkich klas tego samego poziomu, ale skierowane najpierw do jednej, później do dwóch klas, aż z czasem w każdej z nich stanowiły jedną trzecią uczniów. Nie było ich jednak w moim roczniku aż tyle, żeby obdzielić nimi także moją starą klasę. My byliśmy czwartą klasą tego rocznika i chodzili do niej sami chłopcy. I właśnie dlatego to nas podzielono, a nie inną klasę.

Dowiedzieliśmy się o tym dopiero na początku nowego roku szkolnego. Rektor zwołał uczniów do jednej z sal i poinformował o tym, że nas podzielą, i wyjaśnił w jaki sposób. Ja wraz z sześcioma uczniami z mojej starej klasy udałem się pustymi korytarzami do innej sali. Kazano nam usiąść na wolnych miejscach, mnie w środkowym rzędzie. Stały tam pojedyncze ławki, ale po dwie obok siebie. Po mojej lewej siedział kolega z dawnej klasy, Rudolf Bargen, spokojny i rozsądny, świetnie grał w szachy i hokeja; wcześniej nie miałem z nim za wiele do czynienia, ale później szybko się zaprzyjaźniliśmy.

Na prawo, po drugiej stronie przejścia między ławkami, siedziały dziewczyny.

Moją sąsiadką była Sophie. Miała brązowe włosy i brązowe oczy, letnią opaleniznę i delikatny złoty meszek na gołych ramionach. Kiedy siadając, rozejrzałem się dookoła, uśmiechnęła się do mnie.

Odpowiedziałem uśmiechem. Czułem się dobrze w nowej klasie i cieszyłem się na nowy początek, także na dziewczyny. Obserwowałem moich kolegów z niższych roczników: wszyscy, niezależnie od tego, czy w ich klasie były dziewczyny, czy nie, bali się ich, unikali, popisywali przed nimi albo je adorowali. Ja znałem kobiety i umiałem zachowywać się przy nich swobodnie, po koleżeńsku. Dziewczyny to lubiły. Doszedłem do wniosku, że poradzę sobie z nimi w tej nowej klasie i że dzięki temu chłopcy też mnie zaakceptują.

Czy z każdym tak jest? W młodości bywałem albo nazbyt pewny siebie, albo przesadnie nieśmiały. To wydawałem się sobie niezdolny, niepozorny i nic nieznaczący, to znów myślałem, że we wszystkim jestem doskonały i wszystko musi mi się udać. Kiedy czułem się pewnie, mogłem pokonać największe trudności. Ale wystarczyło najmniejsze niepowodzenie, bym znowu nabrał przekonania, że nic nie jestem wart. Odniesiony sukces nigdy mi nie przywracał pewności siebie, w porównaniu z tym, czego właściwie od siebie oczekiwałem i jakiego uznania spodziewałem się u innych; każdy sukces pozostawał boleśnie w tyle i to, czy tak postrzegałem swoją pożałowania godną sytuację, czy też byle sukces napawał mnie dumą, zależało od tego, jak mi się wtedy wiodło. Z Hanną jeszcze przez wiele tygodni szło mi dobrze mimo sprzeczek, chociaż stale mnie odprawiała, a ja ciągle się upokarzałem. I tak zaczął się nowy rok w nowej klasie.

Mam przed oczyma salę lekcyjną: z przodu po prawej drzwi, na ścianie po tej samej stronie drewniana listwa z hakami na ubrania, po lewej rząd okien z widokiem na Heiligenberg i, co widać było, kiedy podczas przerwy staliśmy przy oknach, na ulicę w dole, rzekę i łąki na drugim brzegu, z przodu tablica, stojaki na mapy i różne wykresy, pulpit nauczyciela i krzesło na niewysokim podeście.

Ściany dookoła aż na wysokość głowy pomalowano żółtą olejną farbą, nad nią zaś na biało, a u sufitu wisiały mleczne klosze dwóch lamp. Pomieszczenie, w którym nie było ani jednej zbędnej rzeczy, żadnych obrazków, roślin, pustej ławki, szafy z zapomnianymi książkami i zeszytami czy kolorową kredą. Wzrok, jeśli gdzieś zbłądził, to na ogół w stronę okna albo na koleżankę lub kolegę. Kiedy Sophie zauważyła, że się jej przyglądam, odwróciła się do mnie i uśmiechnęła.

– Panie Berg, to że Sophia jest greckim imieniem, to jeszcze nie powód, żeby na lekcji greki tak dokładnie studiować fizjonomię swojej sąsiadki. Niech pan tłumaczy!

Omawialiśmy wtedy *Odyseję*. Czytałem ją po niemiecku, bardzo lubiłem i lubię do dzisiaj. Gdy przyszła moja kolej, potrzebowałem tylko kilku sekund, żeby odnaleźć właściwy fragment. Kiedy nauczyciel skończył już sobie podkpiwać ze mnie i Sophie, a klasa przestała się śmiać, zacząłem dukać, ale robiłem to z zupełnie innego powodu. „Nauzyka nieśmiertelnym równa wzrostem i wyglądem, dziewiczo biała, białe ramiona...”. Czy miałem sobie wówczas wyobrazić Hannę, czy Sophie? Musiała to być jedna z nich.

14

Jeśli w samolocie zawiodą silniki, nie jest to jeszcze koniec podróży. Samoloty nie spadają jak kamienie z nieba. Szybując dalej, olbrzymie maszyny pasażerskie z kilkoma silnikami odrzutowymi utrzymują się w powietrzu jeszcze około pół godziny, może nawet trzy kwadranse, zanim roztrzaskają się podczas próby lądowania. Pasażerowie niczego nie zauważają. Lotu przy wyłączonych silnikach nie odbiera się inaczej niż wtedy, gdy pracują. Jest ciszej, lecz tylko trochę; wiatr, załamując się na kadłubie i skrzydłach, robi więcej hałasu niż silniki. Ale kiedy spojrzy się przez okno, ziemia lub morze znajdują się zatrważająco blisko. Albo właśnie leci jakiś film, więc stewardzi i stewardesy zasłonili okna. Lot, nieco cichszy niż inne, może nawet wydawać się pasażerom wyjątkowo przyjemny.

Tego lata szybowała tak nasza miłość. Albo raczej moja miłość do Hanny; o jej miłości do mnie nie wiem nic.

Zachowaliśmy nasz rytuał: czytałem jej, braliśmy prysznic, kochaliśmy się, leżeliśmy obok siebie. Przeczytałem na głos całą *Wojnę i pokój*, ze wszystkimi wywodami Tołstoja na temat historii, wielkich ludzi, Rosji, miłości i małżeństwa, co musiało trwać jakieś czterdzieści do pięćdziesięciu godzin. Hanna ponownie śledziła z przejęciem rozwój akcji. Ale tym razem było inaczej: powstrzymywała się od ocen i nie odnosiła już świata Nataszy, Andrieja i Pierre'a do swojego, tak jak w przypadku Luizy i Emilii, lecz przyglądała mu się niczym ktoś, kto odbywając daleką podróż, wszystkiemu się dziwi, albo przestąpiwszy próg pałacu, do którego został wpuszczony i ma prawo w nim przebywać, to mimo że zdążył już się oswoić, nie może do końca pozbyć się nieśmiałości. To, co przedtem czytałem, znałem już wcześniej. Ale *Wojna i pokój* była i dla mnie czymś zupełnie nowym. Wyruszyliśmy więc razem w daleką podróż.

Wymyślaliśmy dla siebie pieszczotliwe imiona. Nie nazywała mnie już tylko chłopczykiem, ale wymyślała przeróżne zdrobnienia, takie jak żabka, ropuszka, szczeniątko, kamyczek, różyczka. Ja zostałem przy „Hannie", dopóki mnie kiedyś nie spytała:

– O jakim zwierzęciu myślisz, kiedy trzymasz mnie w ramionach, zamykasz oczy i wyobrażasz sobie zwierzęta?

Zamknąłem oczy i pomyślałem o zwierzętach. Leżeliśmy przytuleni do siebie, ja z głową na jej szyi, szyją na jej piersiach, prawą ręką pod nią, na jej plecach, a lewą na jej pupie. Wodziłem palcami po jej szerokich plecach, twardych udach, jędrnych pośladkach, czułem ucisk jej piersi i brzucha na swojej szyi i piersiach. Jej skóra wydawała się gładka, a ciało silne i niezawodne. Kiedy kładłem rękę na jej łydce, czułem grę mięśni, nieustające drżenie. Kojarzyło mi się to z drżeniem i napinaniem mięśni, jakim konie próbują odstraszać muchy.

– O koniu – powiedziałem.

– Koniu?

Wyzwoliła się z moich objęć, usiadła na łóżku i popatrzyła na mnie. Z przerażeniem.

– Nie podoba ci się? Przyszło mi to do głowy, bo jesteś taka gładka i miękka, a pod spodem jędrna i silna, i tak dobrze jest cię dotykać. I drżą ci łydki – tłumaczyłem jej, skąd takie skojarzenie.

Spoglądała na swoje drżące łydki, potrząsając głową.

– Koń, no nie wiem...

Zupełnie jak nie ona. Do tej pory zawsze była zdecydowana i albo coś od razu akceptowała, albo odrzucała. Kiedy spostrzegłem przerażenie w jej oczach, byłem gotów, jeśli zajdzie taka potrzeba, wszystko odwołać, sam się oskarżyć i prosić ją o wybaczenie. Ale najpierw próbowałem pojednać ją z koniem.

– Mógłbym mówić na ciebie *cheval* albo „wiśta", albo „equinka" lub „bucefałka". Mówiąc „koń", nie mam na myśli końskiej szczęki ani czaszki, ani nic innego, co może ci się nie podobać, tylko coś dobrego, ciepłego, miękkiego i mocnego. Nie jesteś zajączkiem, kotkiem ani tygrysicą, bo w tym porównaniu coś jest, coś złego, a to do ciebie nie pasuje.

Położyła się na plecach, ręce wsunęła pod głowę. Teraz ja się podniosłem i przyglądałem jej. Miałem wrażenie, że patrzy w pustkę. Po chwili odwróciła się w moją stronę. Na jej twarzy malowała się niezwykła tkliwość.

– Ależ podoba mi się, kiedy mówisz na mnie „koń" albo wymieniasz te inne nazwy. Powiesz mi, co znaczą?

Kiedyś pojechaliśmy razem do sąsiedniego miasta na *Intrygę i miłość*. Hanna była wtedy pierwszy raz w teatrze i wszystko ją w nim cieszyło, od przedstawienia po musujące wino podczas antraktu. Obejmowałem ją w talii i było mi wszystko jedno, co ludzie mogą sobie o takiej parze pomyśleć. I rozpierała mnie duma, że jest mi wszystko jedno. Wiedziałem jednak, że w moim mieście nie byłoby mi to obojętne. Czy ona także o tym wiedziała?

Wiedziała, że tego lata moje życie nie kręci się tylko wokół niej, szkoły i nauki. Kiedy odwiedzałem ją późnym popołudniem, coraz częściej przychodziłem prosto z basenu. Spotykaliśmy się tam, koledzy i koleżanki z jednej klasy, razem odrabialiśmy lekcje, graliśmy w piłkę nożną, siatkówkę, skata, flirtowaliśmy. Tam też toczyło się życie towarzyskie naszej klasy; było to dla mnie bardzo ważne, bo chciałem w nim uczestniczyć, należeć do tej grupy. W związku z pracą Hanny przychodziłem albo później niż inni, albo wcześniej wychodziłem, co nie wpływało źle na mój wizerunek i czyniło mnie bardziej interesującym. Wiedziałem o tym. Wiedziałem też, że niczego nie przegapię, mimo to często miałem wrażenie, że kiedy mnie tu nie będzie, może się coś wydarzyć, diabli wiedzą co. Czy wolałbym biegać na basen niż do Hanny? Tego pytania długo nie odważyłem się sobie zadać. Ale w lipcu były moje urodziny, które koledzy urządzili mi na basenie i z żalem pozwolili, bym wcześniej z nich wyszedł. Hanna przywitała mnie w złym humorze. Nie wiedziała, że są moje urodziny. Kiedy spytałem ją o jej, wymieniła tylko datę, 21 października, i nie zapytała o moje. Nie miała dużo gorszego nastroju niż zazwyczaj, kiedy była zmęczona. Ale mnie irytował jej zły humor i marzyłem, żeby uciec na basen, do koleżanek, kolegów, do naszej czczej gadaniny, żartów, zabaw i flirtowania. Będąc także w złym nastroju, odpowiednio do tego zareagowałem i zaczęliśmy się kłócić. Kiedy potem Hanna traktowała mnie jak powietrze, powrócił strach, że mogę ją utracić, korzyłem się więc, przepraszałem, aż wreszcie dopuściła mnie do siebie. Byłem jednak rozgoryczony.

15

Wtedy zacząłem ją zdradzać.

Nie, żebym zdradzał tajemnice albo skompromitował Hannę. Nie wyjawiłem nic z tego, co powinienem przemilczeć. Przemilczałem to, co powinienem wyjawić. Nie przyznałem się do niej. Wiem, że wyparcie się kogoś jest niespektakularnym wariantem zdrady. Na zewnątrz nie widać, czy ktoś się czegoś wypiera, czy tylko, przez wzgląd na różne sprawy, stara się być dyskretny, chce uniknąć niezręczności, irytacji. Ale ten, kto się wypiera, dobrze to wie. W każdym związku wypieranie się usuwa grunt spod nóg, tak samo jak inne bardziej spektakularne warianty zdrady.

Nie pamiętam już, kiedy po raz pierwszy wyparłem się Hanny. Z koleżeńskich spotkań na basenie w letnie popołudnia zrodziły się przyjaźnie. Poza sąsiadem z ławki, którego znałem jeszcze ze starej klasy, w nowej szczególnie polubiłem Holgera Schlütra, który tak jak ja interesował się historią i literaturą i którego szybko obdarzyłem zaufaniem. Już wkrótce zwierzałem się także Sophie, która mieszkała kilka ulic dalej i dlatego razem często chodziliśmy na basen. Z początku mówiłem sobie, że nie jesteśmy aż tak blisko, żebym miał im opowiadać o Hannie. Potem nie umiałem znaleźć ku temu stosownej okazji, godziny, właściwych słów. W końcu było już za późno, żeby ujawniać jej istnienie, opowiadać o niej tak, jak się wyznaje inne młodzieńcze tajemnice. Mówiłem sobie, że gdybym dopiero teraz o niej wspomniał, musiałoby to wywołać fałszywe wrażenie, że milczałem tak długo, ponieważ nie jestem szczery i mam nieczyste sumienie. Ale, to także sobie mówiłem, wiedziałem, że zdradzam Hannę, udając, że opowiadam przyjaciołom o wszystkim, co jest ważne w moim życiu, a ją pomijam.

To, że potem zauważyli, że nie jestem całkiem szczery, nie polepszało sytuacji. Pewnego wieczoru, kiedy wracaliśmy z Sophie do domu, złapała nas burza w Neunheimer Feld, gdzie nie wzniesiono jeszcze budynków uniwersyteckich, tylko wszędzie były pola i ogrody. Schowaliśmy się pod okapem jakiegoś domku na działce. Błyskało się i grzmiało, zacinało i lało, deszcz padał gęstymi, ciężkimi kroplami. Równocześnie temperatura spadła chyba o jakieś pięć stopni. Marzliśmy. Położyłem rękę na ramieniu Sophie.

– Michael? – Nie patrzyła na mnie, tylko przed siebie, na deszcz.

– Tak?

– Bardzo długo byłeś chory, miałeś żółtaczkę. I to cię tak truje? Boisz się, że już nigdy nie będziesz naprawdę zdrowy? Czy lekarze powiedzieli ci coś takiego? I codziennie musisz chodzić do kliniki na transfuzje albo kroplówki?

Hanna jako choroba. Zawstydziłem się. Ale tym bardziej nie mogłem o niej opowiedzieć.

– Nie, Sophie, nie jestem już chory. Testy wątrobowe są w porządku i za rok, jeśli zechcę, będę mógł pić alkohol, ale nie zamierzam. To, co mnie... – Nie chciałem mówić o Hannie; to, co mnie truje, to... – A przychodzę później albo wcześniej wychodzę z innego powodu.

– Nie chcesz o tym mówić, czy może chcesz, ale nie wiesz jak?

Nie chciałem czy nie wiedziałem jak? Sam nie miałem pojęcia. Ale wtedy, gdy staliśmy tak pośród piorunów, błysków i dudniącego deszczu, gdy marzliśmy oboje i grzaliśmy się trochę własnym ciepłem, czułem, że muszę jej, właśnie jej, opowiedzieć o Hannie.

– Może kiedyś ci o tym powiem.

Ale nigdy do tego nie doszło.

16

Nigdy się nie dowiedziałem, co Hanna robiła, kiedy nie pracowała i kiedy nie byliśmy razem. Jeśli o to pytałem, zbywała mnie milczeniem. Nie łączył nas wspólny świat; dała mi w swoim życiu tyle miejsca, ile chciała dać. I musiałem się tym zadowolić. Jeśli pragnąłem mieć go więcej albo tylko więcej wiedzieć, było mi to wydzielane. Kiedy będąc razem, czuliśmy się wyjątkowo szczęśliwi i wtedy ją o coś pytałem, bo wówczas wszystko wydawało się możliwe i dozwolone, zdarzało się, że nie milczała, tylko odpowiadała wymijająco.

– Co ty jeszcze chcesz wiedzieć, chłopczyku?!

Albo brała moją rękę i kładła sobie na brzuchu.

– Chciałbyś, żeby był podziurawiony?

Albo liczyła na palcach:

– Tu sroczka kaszkę warzyła, tu ogonek sobie sparzyła. Temu dała na miseczkę, temu dała na łyżeczkę, temu, bo grzecznie prosił, temu, bo wodę nosił, a temu najmniejszemu nic nie dała, tylko frrrruuuuuu... poleciała. – Wkładała mały palec lewej dłoni pomiędzy kciuk i palec wskazujący prawej. – I tu się schowała!

Nigdy też nie spotkałem jej przypadkowo, na ulicy, w sklepie albo w kinie, gdzie, jak mówiła, chętnie i często chodziła i dokąd przez pierwsze miesiące ciągle chciałem z nią pójść, ale ona się nie zgadzała. Czasami rozmawialiśmy o filmach, które widzieliśmy oboje. Właściwie chodziła do kina na co popadnie i oglądała wszystko, od niemieckich filmów wojennych i ojczyźnianych po westerny i nouvelle vague, podczas gdy mnie podobało się wszystko, co pochodziło z Hollywood, obojętnie, czy akcja toczyła się w antycznym Rzymie, czy na Dzikim Zachodzie. Jeden z westernów oboje lubiliśmy szczególnie; Richard Widmark gra tam szeryfa, który nazajutrz ma się pojedynkować i może tylko przegrać, i puka tego wieczoru do drzwi Dorothy Malone, która na próżno radziła mu, żeby uciekał. Dorothy otwiera. „I czego teraz chcesz? Całego życia w jedną noc?". Czasami, kiedy przychodziłem do niej pełen pożądania, Hanna przekomarzała się ze mną.

– I czego teraz chcesz? Całego życia w jedną godzinę?

Raz tylko spotkałem Hannę, nie umówiwszy się z nią. Było to pod koniec lipca albo na początku sierpnia, tuż przed długimi feriami.

Hanna całymi dniami była w dziwnym nastroju, kapryśna i władcza, a jednocześnie zdawała się żyć pod jakąś presją, która ją skrajnie męczyła; stała się przewrażliwiona i łatwo ją było urazić. Brała się w garść, jakby musiała się temu przeciwstawić, żeby się nie rozpaść. Na moje pytanie, co ją trapi, reagowała opryskliwie. Nie umiałem sobie z tym poradzić. Jednakże prócz tego, że mnie odpycha, czułem także jej bezsilność i próbowałem być przy niej, a równocześnie zostawić ją w spokoju. Pewnego dnia napięcie ustąpiło. Z początku myślałem, że Hanna znowu jest taka, jak zawsze. Po przeczytaniu *Wojny i pokoju* nie zaczęliśmy nowej lektury; obiecałem, że się tym zajmę, i przyniosłem jej kilka książek do wyboru.

Ale nie chciała.

– Chodź, wykąpię cię, chłopczyku.

Nie była to letnia duchota, która, gdy wszedłem do kuchni, oblepiła mnie niczym ciężka tkanina. Hanna rozpaliła w piecu, żeby zagrzać wodę. Napełniła wannę, dodała kilka kropli lawendy i zaczęła mnie myć. W gorącym, wilgotnym powietrzu jasnoniebieski fartuch w kwiatki, pod którym nie nosiła bielizny, oklejał jej spocone ciało. Podnieciła mnie bardzo. Kiedy się kochaliśmy, miałem wrażenie, że chce pobudzić moje odczucia, tak żeby przekroczyły wszelkie granice tych dotychczasowych, bym już prawie nie mógł tego wytrzymać.

Jej oddanie też było szczególne. Nie bezgraniczne; swojego zaangażowania nigdy nie ujawniła. Ale wyglądało to tak, jakby razem ze mną chciała pójść na dno.

– A teraz zmiataj do swoich przyjaciół – pożegnała mnie.

Żar zawisł między domami, kładł się na pola i ogrody i skrzył się nad asfaltem. Byłem zamroczony. Na basenie krzyki bawiących się i pluskających dzieci docierały do moich uszu, jakby pochodziły z bardzo daleka. W ogóle szedłem przez świat, jakby nie należał do mnie, a ja nie należałbym do niego. Zanurkowałem w chlorowaną, mleczną wodę i nie czułem potrzeby, aby się wynurzyć. Później leżałem obok innych, przysłuchiwałem się im i wszystko, co mówili, uważałem za śmieszne i puste.

Nie wiedzieć kiedy mój zły nastrój się rozwiał. Znowu było to normalne popołudnie na basenie, z lekcjami, siatkówką, plotkami i flirtem. Nie pamiętam zupełnie, czym się akurat zajmowałem, kiedy uniosłem wzrok i zobaczyłem ją.

Stała jakieś dwadzieścia, trzydzieści metrów ode mnie, w szortach i rozpiętej, zawiązanej na supeł bluzce i patrzyła w moją stronę. Nie mogłem z tej odległości odczytać wyrazu jej twarzy. Nie poderwałem się i nie podbiegłem do niej. Po głowie chodziły mi różne myśli: dlaczego pojawiła się na basenie i czy chce, żebym ją zobaczył i żeby inni zobaczyli ją ze mną, i czy chcę, by mnie z nią widziano, i że nigdy jeszcze nie spotkaliśmy się przypadkowo, i co mam zrobić. Wtedy się podniosłem. W tej krótkiej chwili, kiedy oderwałem od niej wzrok, odeszła.

Hanna, w szortach i bluzce zawiązanej na supeł, zwraca w moją stronę twarz, której wyrazu nie mogę odczytać – to także jest obraz, który mi po niej pozostał.

17

Następnego dnia już jej nie było. Przyszedłem o zwykłej porze i zadzwoniłem do drzwi. Przez szybę widziałem, że wszystko wygląda jak zawsze, słyszałem tykanie zegara.

Znowu usiadłem na schodach. Przez pierwsze miesiące zawsze wiedziałem, na jakiej trasie pracuje, mimo że nie próbowałem już za nią łazić czy choćby tylko tam czekać. Potem jakoś już o to nie pytałem, przestałem się tym interesować. Dopiero teraz zdałem sobie z tego sprawę.

Z budki telefonicznej na placu Wilhelma zadzwoniłem do Zarządu Tramwajów i Kolei Górskiej, gdzie przełączano mnie kilka razy, aż wreszcie dowiedziałem się, że Hanna Schmitz nie przyszła do pracy. Wróciłem na Bahnhofstrasse, w stolarni na podwórzu zapytałem o właściciela domu, podano mi nazwisko i adres w Kirchheim. Pojechałem tam.

– Pani Schmitz? Dzisiaj się wyprowadziła.

– A meble?

– To nie są jej meble.

– Od kiedy tu mieszkała?

– A co to pana obchodzi? – Kobieta, która rozmawiała ze mną przez okienko w drzwiach, szybko je zamknęła.

W budynku administracji Zarządu Tramwajów i Kolei Górskiej dotarłem do działu personalnego. Urzędnik, do którego mnie skierowano, był uprzejmy i zatroskany.

– Dzwoniła dziś rano, w samą porę, tak że zdążyliśmy jeszcze zorganizować zastępstwo, i powiedziała, że więcej już nie przyjdzie. Tylko tyle. – Pokręcił głową. – Jeszcze czternaście dni temu siedziała tu, na tym samym krześle co pan. Proponowałem jej kurs i pracę motorniczego. I nagle rzuca wszystko.

Minęło kilka dni, zanim pomyślałem, żeby pójść do urzędu meldunkowego. Wymeldowała się i wyjechała do Hamburga, nie podając żadnego adresu.

Czułem się źle całymi dniami. Uważałem, żeby rodzice i rodzeństwo niczego nie spostrzegli. Trochę z nimi rozmawiałem, kiedy siedzieliśmy przy stole, trochę jadłem, a kiedy musiałem, udawało mi się wyjść do ubikacji, żeby zwymiotować. Chodziłem do szkoły i na basen. Spędzałem tam całe popołudnia, z dala od innych, w miejscu, gdzie nikt mnie nie szukał. Moje ciało tęskniło do Hanny. Ale gorsze od cielesnej tęsknoty było poczucie winy. Dlaczego, kiedy tu stała, nie poderwałem się od razu i nie podbiegłem do niej?! To jedno krótkie zdarzenie odsłoniło moje wewnętrzne rozdarcie w ostatnich miesiącach, które sprawiło, że się jej wyparłem, że ją zdradziłem. Odeszła, żeby mnie ukarać.

Czasami próbowałem sobie wmówić, że to nie była ona, że to nie ją wtedy widziałem. Jakże mógłbym mieć pewność, że to ona, skoro tak naprawdę nie widziałem jej twarzy? Bo gdyby to była ona, czy nie musiałbym jej od razu poznać? Czy mogłem więc mieć pewność, że to nie ona?

Ale wiedziałem, że to była ona. Stała i patrzyła. I było już za późno.

Część druga

1

Kiedy Hanna opuściła miasto, jeszcze trochę trwało, zanim przestałem jej wszędzie wypatrywać, zanim przyzwyczaiłem się, że popołudnia utraciły swój zwykły rytm, i zanim, widząc książki i otwierając je, przestałem zadawać sobie pytanie, czy nadają się do czytania na głos. Trwało to jeszcze trochę, zanim moje ciało przestało tęsknić do jej ciała; czasami sam zauważałem, jak nocą moje ramiona i nogi szukają jej, a przy stole mój brat wielokrotnie pokpiwał sobie ze mnie, mówiąc, że podobno wołałem „Hannę" przez sen. Pamiętam też takie godziny lekcyjne, kiedy marzyłem tylko o niej, tylko o niej myślałem. Poczucie winy, które męczyło mnie przez pierwsze tygodnie, nagle gdzieś się ulotniło. Omijałem jej dom, wybierałem okrężną drogę, a pół roku później moja rodzina przeprowadziła się do innej dzielnicy. Nie, nie zapomniałem Hanny. Ale pamięć o niej już nie towarzyszyła mi na każdym kroku. Zostawała gdzieś z tyłu, tak jak zostaje w tyle miasto, kiedy pociąg jedzie dalej. Jest gdzieś nadal i można tam wrócić, żeby się co do tego upewnić. Ale po cóż miałoby się to robić?

Ostatnie lata szkoły i pierwsze na uniwersytecie zachowały się w mojej pamięci jako szczęśliwy okres w życiu. Jednocześnie niewiele potrafię o nich powiedzieć. Przeszedłem przez nie bez większego wysiłku; gładko zdałem maturę, a przypadkowo wybrane studia prawnicze nie sprawiały mi żadnej trudności. Nic nie było problemem. Wszystko przychodziło z łatwością, wszystko było proste. Może dlatego mój bagaż pamięci jest taki mały. A może tylko za taki go uważam? Zadaję sobie pytanie, czy te szczęśliwe wspomnienia w ogóle odpowiadają prawdzie. Kiedy dłużej się nad tym zastanawiam, przychodzi mi na myśl dostatecznie dużo zawstydzających i bolesnych sytuacji, i wiem, że, mimo iż skończyłem ze wspominaniem Hanny, nie uporałem się z tym jeszcze. Po tym jak Hanna odeszła, nikomu już nie pozwolę się upokarzać i nie będę upokarzał innych, nie będę obwiniał nikogo, także siebie samego, nikogo nie będę już tak kochał, żeby potem jego strata tak nie bolała – nie powiedziałem sobie tego, używając dokładnie tych słów, ale właśnie to wtedy czułem.

Stałem się zarozumiały i wyniosły, udawałem niewzruszonego: nic nie było w stanie mną wstrząsnąć ani zbić mnie z tropu. W nic się nie angażowałem; przypominam sobie pewnego nauczyciela, który przejrzał mnie na wylot i chciał o tym porozmawiać, ale go arogancko spławiłem. Pamiętam też Sophie. Wkrótce po tym, jak Hanna opuściła miasto, u Sophie zdiagnozowano gruźlicę. Spędziła trzy lata w sanatorium i wróciła, kiedy właśnie rozpoczynałem studia. Czuła się samotna, szukała kontaktu ze starymi przyjaciółmi, więc bez trudu wdarłem się do jej serca. Kiedy poszliśmy do łóżka, zauważyła, że nie chodzi mi o nią, i ze łzami w oczach powtarzała: „Co się z tobą stało, co się z tobą stało?". Przypominam sobie mojego dziadka, który podczas jednej z moich ostatnich wizyt przed jego śmiercią chciał mnie pobłogosławić i któremu powiedziałem, że ja w to nie wierzę i nie przywiązuję do tego żadnej wagi. To, że mogłem się po takim zachowaniu dobrze czuć, teraz jest dla mnie nie do pojęcia. Pamiętam również, jak na widok czyjegoś choćby drobnego gestu, życzliwego zainteresowania, czułem gulę w gardle niezależnie od tego, czy gest ów dotyczył mnie, czy kogoś innego. Czasami wystarczyła jedna scena z filmu. Chłodna impertynencja i zarazem wrażliwość. Dla mnie były podejrzane.

2

Hannę zobaczyłem na sali sądowej.

Nie był to pierwszy proces w sprawie obozów koncentracyjnych ani też najważniejszy. Profesor, jeden z niewielu, którzy zajmowali się nazistowską przeszłością i odnośnymi postępowaniami sądowymi, uczynił go przedmiotem seminarium, ponieważ miał nadzieję, że przy pomocy studentów będzie mógł go śledzić przez cały czas i wykorzystać w swojej pracy. Nie wiem już, co chciał sprawdzać, potwierdzać albo obalać. Pamiętam, że na seminarium dyskutowało się o zakazie karania z mocą wsteczną. Czy wystarczy, żeby paragraf, na podstawie którego skazywano strażników i oprawców z obozów koncentracyjnych, był już w kodeksie karnym w trakcie popełniania czynu, czy też chodzi o to, jak go w czasie dokonywania czynu rozumiano i stosowano, i czy wtedy się do nich odnosił? Co to jest prawo? To, co napisane w książce, czy to, co faktycznie znalazło uznanie i zastosowanie w społeczeństwie? Albo czy prawem jest to, co, niezależnie od tego, czy jest w kodeksie, czy nie, musiałoby zostać za nie uznane i wdrożone, gdyby wszystko szło zgodnie z literą prawa? Profesor, starszy pan, który po powrocie z emigracji pozostawał outsiderem w dziedzinie niemieckiego prawoznawstwa, brał udział w tych dyskusjach, używając całej swej erudycji i jednocześnie z takim dystansem, jakby nie stawiał na uczone rozwiązanie tego problemu.

– Przyjrzyjcie się państwo oskarżonym – mówił. – Nie znajdziecie tam nikogo, kto by naprawdę uważał, że wówczas mordował.

Seminarium zaczęło się zimą, sprawa trafiła do sądu wiosną. Ciągnęła się przez wiele tygodni. Rozprawy toczyły się od poniedziałku do czwartku i na każdy z tych dni profesor wyznaczył grupę studentów, by sporządzali dokładny protokół. W piątki odbywały się posiedzenia seminaryjne, na których omawialiśmy wydarzenia minionego tygodnia.

Rozliczanie! Rozliczanie się z przeszłością! My, studenci biorący udział w seminarium, czuliśmy się jak awangarda tego rozliczania. Otwieraliśmy szeroko okna, by wpuścić powietrze, a wiatr wzbijał wreszcie kurz, któremu społeczeństwo pozwoliło osiąść na okropieństwach przeszłości. Dbaliśmy o to, by można było oddychać i patrzeć. My także nie stawialiśmy na uczone rozwiązania prawne, uważając, że należy skazywać i że nie podlega to dyskusji. Podobnie jak wiedzieliśmy, że skazywanie tego czy innego siepacza lub strażnika z obozu koncentracyjnego jest tylko działaniem powierzchownym. Przed sądem stanęło pokolenie, które wysługiwało się wartownikami i oprawcami w obozach koncentracyjnych, które w tym nie przeszkodziło, które przynajmniej po 1945 roku mogłoby wykluczyć ich ze społeczeństwa, ale nie wykluczyło, a my, studenci uczestniczący w tym seminarium, rozliczając przeszłość, skazywaliśmy je na zawstydzenie.

Nasi rodzice odegrali w czasach Trzeciej Rzeszy bardzo różne role. Niektórzy ojcowie walczyli na wojnie, było wśród nich dwóch czy trzech oficerów Wehrmachtu i jeden z Waffen-SS, kilku zrobiło kariery jako prawnicy albo w administracji, mieliśmy wśród naszych rodziców nauczycieli i lekarzy, a wuj jednego z nas był wyższym urzędnikiem pracującym dla ministra spraw wewnętrznych Rzeszy. Jestem pewny, że kiedy ich o to pytaliśmy, a oni nam odpowiadali, mieli do zakomunikowania całkiem różne historie. Mój ojciec nie chciał o sobie mówić. Wiedziałem jednak, że stracił stanowisko docenta filozofii z powodu zapowiedzianego wykładu o Spinozie, a przez wojnę przeprowadził siebie i nas jako redaktor wydawnictwa publikującego mapy i przewodniki. Jak wpadłem na to, żeby i jego skazać na ten wstyd? Bo tak właśnie zrobiłem. My wszyscy skazaliśmy naszych rodziców na wstyd i gdy tylko mogliśmy, oskarżaliśmy ich o to, że nawet po 1945 roku mają lub tolerują w swoim gronie prawdziwych złoczyńców.

Biorąc udział w seminarium, rozwinęliśmy w sobie silne poczucie przynależności do jednej grupy. „Ci z seminarium o kacetach", tak początkowo nazywali nas inni studenci i wkrótce też sami tak o sobie mówiliśmy. To, czym zajmowała się nasza grupa, nie interesowało innych, wielu z nich raziło, a niektórych wręcz odpychało. Myślę teraz, że gorliwość, z jaką przyjmowaliśmy do wiadomości różne okropieństwa i z jaką chcieliśmy przekazać je innym, była faktycznie odpychająca. Im okrutniejsze było to, o czym słuchaliśmy i czytaliśmy, tym bardziej utwierdzaliśmy się w swej rozliczeniowej i oskarżycielskiej roli. Nawet jeśli niektóre historie zapierały nam dech w piersiach, nagłaśnialiśmy je z tym większym triumfem. Popatrzcie no tylko!

Zgłosiłem się na seminarium z czystej ciekawości. Było to w końcu coś innego niż prawo handlowe, sprawstwo i udział, Zwierciadło saskie* czy jakieś tam prawno-filozoficzne archaizmy. Byłem zarozumiały i wyniosły; tę postawę, którą sam sobie narzuciłem, prezentowałem również na seminarium. Ale tej zimy coraz rzadziej udawało mi się dystansować od wydarzeń, o których czytaliśmy i słuchaliśmy, i od zapału, który ogarnął studentów seminarium. Na początku postanowiłem, że jedynie będę podzielał ich naukowy, może też polityczny, no i moralny zapał. Potem chciałem więcej, chciałem dzielić z nimi tę wspólną gorliwość. Inni być może nadal uważali mnie za zdystansowanego i aroganckiego. Ja natomiast miałem błogie poczucie, że do nich należę i że w stosunku do siebie i tego, co robię, jak również i do tych, z którymi to robię, jestem absolutnie szczery.

---

* Zwierciadło saskie – zbiór prawa zwyczajowego sporządzony ok. 1220–1235 przez ławnika sądowego, rycerza Eikego von Repkowa.

3

Rozprawy sądowe odbywały się w innym mieście, oddalonym o niecałe pół godziny jazdy samochodem. Wcześniej nigdy nie miałem tam nic do roboty. Jeździł jakiś inny student. Wychował się w tym mieście i dobrze się w nim orientował.

Był czwartek. Rozprawa zaczęła się w poniedziałek. Pierwsze trzy dni upłynęły na składaniu przez obronę wniosków w sprawie stronniczości. My byliśmy czwartą grupą, która na własnej skórze miała przeżyć właściwy początek procesu, zaczynający się od przesłuchania oskarżonych.

Jechaliśmy Bergstrasse, wzdłuż szpaleru kwitnących drzew owocowych. Byliśmy w podniosłym nastroju, niemal uskrzydleni; mogliśmy wreszcie sprawdzić to, do czego się przygotowywaliśmy. Nie czuliśmy się jak zwykli obserwatorzy, słuchacze czy protokolanci. Patrzenie, słuchanie i protokołowanie miało być naszym wkładem w rozliczenie historii.

Gmach sądu wzniesiono na przełomie wieków, ale nie był pompatyczny ani mroczny, co często cechowało inne budynki sądowe. Sala, gdzie odbywały się procesy z udziałem ławy przysięgłych, miała po lewej rząd dużych okien, których mleczne szyby uniemożliwiały zobaczenie tego, co na zewnątrz, ale wpuszczały do środka dużo światła. Przed oknami siedzieli prokuratorzy, w jasne wiosenne i letnie dni rozpoznawalni tylko po konturach. Sąd, trzech sędziów w czarnych togach i sześciu ławników, siedział z przodu sali, po prawej były ławki dla oskarżonych i obrońców, z powodu ich dużej liczby przedłużone stołami i krzesłami sięgającymi aż na środek sali, przed miejsca dla publiczności. Część oskarżonych i obrońców zwrócona była do nas tyłem. Tak jak Hanna. Poznałem ją dopiero, kiedy odczytano jej nazwisko; wstała i wystąpiła do przodu. Oczywiście natychmiast rozpoznałem to imię i nazwisko: Hanna Schmitz. Potem rozpoznałem także sylwetkę, głowę ze związanymi w węzeł w nieznany mi sposób włosami, kark, szerokie plecy i silne ramiona. Trzymała się prosto. Stała mocno na obu nogach. Ramiona opuściła luźno wzdłuż tułowia. Miała szarą sukienkę z krótkimi rękawami. Poznałem ją, ale niczego nie poczułem. Niczego nie poczułem.

Tak, chce stać. Tak, urodziła się 21 października 1922 roku pod Hermannstadt i ma teraz czterdzieści trzy lata. Tak, pracowała w Berlinie u Siemensa, a jesienią 1943 wstąpiła do SS.

– Czy wstąpiła tam pani dobrowolnie?

– Tak.

– Dlaczego?

Hanna nie odpowiadała.

– Czy to prawda, że wstąpiła pani do SS, chociaż u Siemensa zaproponowano pani stanowisko brygadzistki?

– Co ma tu znaczyć „chociaż"? – Obrońca Hanny poderwał się na równe nogi. – Co ma znaczyć ta insynuacja, że kobieta powinna zostać brygadzistką u Siemensa, zamiast wstąpić do SS? Nic nie usprawiedliwia tego, żeby decyzję mojej klientki uczynić przedmiotem takiego pytania.

Usiadł. Był jedynym młodym obrońcą; inni byli starzy, a niektórzy z nich, jak wyszło wkrótce na jaw, okazali się, starymi nazistami. Adwokat Hanny wystrzegał się ich żargonu, stawianych przez nich tez. Był jednak zapalczywy, co jego klientce szkodziło tak samo, jak innym oskarżonym narodowosocjalistyczne tyrady jego kolegów. Osiągnął wprawdzie to, że przewodniczący, popatrzywszy nań z irytacją, odstąpił od pytania, dlaczego Hanna wstąpiła do SS. Ale pozostało wrażenie, że zrobiła to świadomie i bez przymusu. I niczego w tym negatywnym wrażeniu nie zmieniło to, że kiedy inny sędzia zapytał ją, jakiej pracy spodziewała się w SS, Hanna wyjaśniła, że SS werbowało kobiety do służby wartowniczej u Siemensa i w innych zakładach, że się tam zgłosiła i że ją zatrudniono.

Przewodniczący kazał jej potwierdzać jednym słowem, że do wiosny 1944 roku była zatrudniona w Auschwitz, a potem do zimy 1944/1945 w małym obozie koło Krakowa, że odbyła z więźniami marsz na Zachód i że tam dotarła, że koniec wojny zastał ją w Kassel i od tej pory mieszkała w różnych miejscach. Osiem lat w moim rodzinnym mieście. I był to najdłuższy okres, jaki spędziła w jednym miejscu.

– A więc to owa zmiana miejsc zamieszkania miała uzasadniać podejrzenie o próbę ucieczki – ironizował adwokat. – Moja klientka każdorazowo meldowała się pod nowym adresem, a potem wymeldowywała na policji. Nic więc nie przemawia za tym, że zamierzała uciec albo mataczyć. Czy sędziemu, który nakazał aresztowanie, ciężar zarzucanego czynu i groźba wzburzenia publicznego wydały się tak duże, że nie do pomyślenia było, żeby pozostawić moją klientkę na wolności? To są, wysoki sądzie, nazistowskie powody aresztowania, wprowadzone przez nazistów i przez nich samych usunięte. Już nie istnieją. – Mówił to ze złośliwą satysfakcją, tak jakby ujawniał pikantną prawdę.

Przestraszyłem się. Spostrzegłem, że aresztowanie Hanny odbieram jako coś zupełnie naturalnego i właściwego. Nie z powodu oskarżenia, jakie jej postawiono, ciężaru zarzutów i podejrzeń, bo o tym jeszcze niewiele wiedziałem, ale dlatego, że przebywając w celi, usuwała się ze świata, mojego świata, mojego życia. Chciałem mieć ją jak najdalej od siebie, tak daleko, żeby była nieosiągalna, żeby nadal pozostawała jedynie wspomnieniem, którym z czasem się stała i była nim przez ostatnie lata. Gdyby adwokat odniósł sukces, musiałbym zmierzyć się z faktem, że mógłbym ją spotkać, i musiałbym odpowiedzieć sobie na pytanie, czy chciałbym tego spotkania. Nie widziałem powodu, dlaczego miałby nie odnieść sukcesu. Skoro Hanna do tej pory nie próbowała uciec, czemu miałaby próbować teraz? I w jakiej sprawie miałaby mataczyć? Innych przyczyn aresztowania wtedy nie było.

Przewodniczący sprawiał wrażenie na nowo poirytowanego, szybko jednak pojąłem, że to jego metoda. Jeśli uważał wypowiedź za obstrukcyjną i złośliwą, zdejmował okulary, obrzucał mówcę niepewnym spojrzeniem krótkowidza, marszczył czoło. I albo ignorował wypowiedź całkowicie, albo nawiązywał do niej słowami: „A więc myśli pan, że..." lub „A więc chce pan powiedzieć, że..." i powtarzał ją w sposób, który nie pozostawiał żadnej wątpliwości, że nie ma zamiaru dłużej się nią zajmować i nie ma sensu na to nastawać.

– A więc myśli pan, że sędzia, który wydał nakaz aresztowania, źle zinterpretował fakt, że oskarżona nie reaguje na żadne pismo, na żadne wezwanie, ani z policji, ani z prokuratury, i nie stawia się przed sędzią? I zamierza pan wnioskować o wycofanie nakazu aresztowania?

Adwokat zgłosił wniosek. A sąd ten wniosek oddalił.

4

Nie opuściłem żadnego dnia rozprawy. Inni studenci się temu dziwili, a profesor pochwalał to, że jeden z nas stara się, aby następna grupa wiedziała wszystko, co poprzednia usłyszała i zobaczyła.

Tylko raz Hanna spojrzała w stronę publiczności i na mnie. Poza tym we wszystkie dni rozpraw, kiedy była wprowadzana przez strażniczkę i kiedy zajmowała miejsce na ławie oskarżonych, kierowała wzrok ku sędziom. Wyglądało to na butę, równie butnie wyglądało i to, że prawie wcale się nie odzywała do swojego adwokata i do pozostałych oskarżonych. Te zaś w miarę przeciągania się rozprawy także coraz mniej ze sobą rozmawiały. Podczas przerw stały otoczone rodziną i przyjaciółmi, a kiedy rano dostrzegały ich pośród publiczności, machały do nich i krzyczały. Hanna w czasie przerwy nie opuszczała swojego miejsca.

Tak więc widziałem ją od tyłu. Widziałem jej głowę, jej kark, jej ramiona. Studiowałem zarys jej głowy, jej karku, jej ramion. Kiedy mówiono o niej, wysoko podnosiła głowę. Kiedy czuła się niesprawiedliwie potraktowana, oczerniona, zaatakowana i starała się protestować, kuliła ramiona, sztywniał jej kark i widać było, jak napinają się, nabrzmiewają jego mięśnie. A kiedy protesty regularnie oddalano, opuszczała ramiona. Nigdy nimi nie wzruszała ani też nigdy nie potrząsała głową. Była tak bardzo spięta, że nie mogła sobie pozwolić na choćby lekkie wzruszenie ramion czy potrząśnięcie głową. Nie pozwalała sobie również na przekrzywianie głowy, opuszczanie jej albo podpieranie. Siedziała jak sparaliżowana. Takie siedzenie musiało boleć.

Czasami kosmyki włosów wymykały się z mocno upiętego węzła, skręcały się i zwisały nad karkiem, muskały go wraz z podmuchem powietrza. Czasami miała na sobie sukienkę, której wycięcie było na tyle szerokie, że odsłaniało znamię na lewej łopatce. Przypominałem sobie wtedy, jak zdmuchiwałem włosy z jej karku i całowałem to znamię, ten kark. Wspomnienie, rejestr chwili. Nic więcej.

Podczas wielotygodniowych rozpraw nie czułem niczego, byłem jak ogłuszony. Nieraz chciałem sprowokować jakieś odczucia, wyobrażałem sobie Hannę tak wyraźnie, jak to tylko możliwe, w momentach popełniania czynów, które jej zarzucano, a także w innych sytuacjach, o których przypominały mi kosmyki włosów na jej karku i znamię na plecach. Ale wrażenie było takie samo jak wtedy, gdy ręka szczypie zdrętwiałe po zastrzyku ramię. Ramię nie wie, że jest szczypane przez rękę, ręka wie, że szczypie ramię, a mózg w pierwszej chwili nie rozdziela tych czynności. Ale w następnej już je wyraźnie różnicuje. Ręka być może zrobiła to tak mocno, że uszczypnięte miejsce przez dłuższą chwilę pozostaje blade. Po czym wraca w nie krew i znowu nabiera koloru. Ale czucie nie wraca.

Kto zaaplikował mi ten zastrzyk? Ja sam, bo nie wytrzymałbym tego wszystkiego bez znieczulenia? Działało nie tylko na sali sądowej i nie tylko tak, że Hannę postrzegałem, jakbym to nie ja ją kochał i jej pożądał, ale ktoś, kogo dobrze znałem, kto nie był mną. W innych sytuacjach też stałem obok, obok siebie, przyglądałem się sobie, widziałem siebie na uniwersytecie, obserwowałem podczas kontaktów z rodzicami i rodzeństwem, z przyjaciółmi, ale duchem byłem nieobecny.

Po pewnym czasie zauważyłem podobny stan otępienia również u innych. Nie u adwokatów, którzy w trakcie rozpraw zachowywali się hałaśliwie, przemądrzale, parli do sprzeczki, wykazywali się skrajną pedanterią albo bezczelnością i cynizmem, zależnie od swego temperamentu. Rozprawy także ich wyczerpywały, bo wieczorem byli albo bardziej zmęczeni, albo jeszcze bardziej zaczepni. Jednakże przez noc znowu się regenerowali, naładowywali i następnego ranka, tak jak poprzedniego, dudnili i syczeli od nowa. Prokuratorzy próbowali dotrzymać im kroku i dzień w dzień okazywać ten sam wojowniczy zapał. Nie wychodziło im jednak, najpierw dlatego, że przedmiot i rezultaty postępowania sądowego za bardzo ich przeraziły, a potem z tej przyczyny, że i u nich pojawiło się owo otępienie. Najsilniej działało na sędziów i ławników. Podczas pierwszych tygodni rozprawy wyraźnie wstrząśnięci bądź z wielkim trudem przyjmowali do wiadomości okrucieństwa, o których opowiadano im przez łzy, łamiącym się głosem, a niekiedy z pogardą lub ze wzburzeniem. Potem na ich twarze powracał dawny wyraz, potrafili rzucać szeptem jakieś uwagi, uśmiechając się do siebie, albo okazać cień zniecierpliwienia, gdy któryś ze świadków gubił się w szczegółach. A kiedy omawiano wyjazd do Izraela, by tam przesłuchać świadka, nie mogli ukryć zapału do podróży. Wciąż i od nowa przerażeni byli tylko studenci. Przychodzili co tydzień na jedną z rozpraw i za każdym razem w ich życie wdzierały się te wszystkie okrucieństwa. Ja zaś obserwowałem ich reakcje z dystansem. Niczym więzień kacetu, który przeżył w nim już kilka miesięcy i zdążył się przyzwyczaić i który z obojętnością rejestruje przerażenie nowo przybyłych. Z takim samym otępieniem postrzega też mordowanie i umieranie wokół siebie. Cała literatura autorstwa tych, którzy przeżyli, mówi o otępieniu, które powoduje zredukowanie funkcji życiowych, zobojętnienie i bezwzględność w stosunku do innych oraz traktowanie gazowania i palenia jako codzienności. Także w skąpych wypowiedziach sprawców komory gazowe i piece krematoryjne jawią się jako coś zwykłego, a sami sprawcy, umniejszający swą rolę w tej bezwzględności, obojętności i tępocie, robią wrażenie odurzonych lub pijanych. Oskarżone wydawały mi się jakby wciąż jeszcze i zarazem na zawsze w tym otępieniu zastygłe, skamieniałe.

Już wtedy zajmowała mnie ta wspólność odrętwienia i to, że nie dotykało ono tylko sprawców, ofiar, ale także nas, bo jako sędziowie, ławnicy, prokuratorzy lub protokolanci mieliśmy z nim do czynienia później. I kiedy porównywałem sprawców z ofiarami, umarłych z żywymi, tych, co przeżyli, z ich potomkami, było mi niedobrze i jest mi niedobrze do tej pory. Czy wolno robić tego rodzaju porównania? Kiedy w trakcie rozmowy zamierzałem to uczynić, zawsze podkreślałem, że takie porównanie wcale nie relatywizuje tego, czy siłą zostało się przeniesionym w świat kacetu, czy samemu się tam wstąpiło, czy się cierpiało, czy zadawało cierpienia, i że ta różnica ma najważniejsze i decydujące znaczenie. Ale nawet wówczas spotykałem się ze zdziwieniem lub oburzeniem, bo zamiast czekać na zarzuty innych i dopiero wtedy reagować, wcześniej sam im coś zarzucałem.

Jednocześnie zadaję sobie pytanie, które już wtedy zacząłem sobie zadawać: Co moja generacja miała tak naprawdę począć z informacjami na temat okrucieństw popełnianych w czasie eksterminacji Żydów? Nie mogliśmy mniemać, że zdołamy pojąć to, co nie do pojęcia, nie wolno nam było porównywać tego, co jest nie do porównania, nie wolno nam było o to pytać, bo pytający czyni te okrucieństwa, także kiedy ich nie kwestionuje, przedmiotem komunikacji, zamiast traktować je jako coś, w obliczu czego można tylko z przerażenia, wstydu i poczucia winy zamilknąć. Czy powinniśmy byli zamilknąć, zdjęci przerażeniem, wstydem i poczuciem winy? Na zawsze? Nie żebym podczas tej rozprawy po prostu utracił cały zapał, z jakim wcześniej brałem udział w seminarium. Ale czy to, że tak niewielu potem skazano i ukarano i że my, następna generacja, powinniśmy byli zamilknąć z przerażenia, wstydu i poczucia winy – czy tak miało być?

5

W drugim tygodniu odczytano akt oskarżenia. Czytanie trwało półtora dnia – półtora dnia w trybie przypuszczającym. Oskarżona miałaby po pierwsze... potem miałaby dopuścić się... po czym miałaby... przez co okoliczności przestępstwa odpowiadają paragrafowi takiemu a takiemu, ponadto te i inne okoliczności dotyczące przestępstwa... miałaby działać z naruszeniem prawa i zawinić... Hannie postawiono cztery zarzuty.

Pięć oskarżonych kobiet było aufzejerkami w małym obozie koło Krakowa, w podobozie Auschwitz. Przeniesione tam z Auschwitz wiosną 1944 roku, zastąpiły aufzejerki, które zostały zabite lub ranne podczas wybuchu w fabryce, gdzie pracowały kobiety z obozu. Jeden z punktów oskarżenia dotyczył ich zachowania w Auschwitz, pojawiał się jednak dopiero pod koniec listy, po wielu innych oskarżeniach. Już go dobrze nie pamiętam. Czy w ogóle dotyczył Hanny, czy tylko pozostałych kobiet? Czy miał aż tak znikome znaczenie w porównaniu z innymi punktami oskarżenia? Czy można więc kogoś, kto był nadzorcą w Auschwitz i kogo się pojmało, nie skazać jedynie z powodu jego zachowania w obozie?

Oczywiście, że pięć oskarżonych kobiet nie prowadziło obozu. Był komendant, byli strażnicy, były inne nadzorczynie. Większość strażników i aufzejerek nie przeżyła bombardowania, które pewnej nocy zakończyło marsz więźniów na Zachód. Niektórzy z nich ulotnili się jeszcze tej samej nocy i nie zdołano ich znaleźć, podobnie jak komendanta, który zbiegł, kiedy rozpoczął się wymarsz na Zachód.

Spośród więźniarek właściwie żadna nie powinna była przeżyć bombardowania. A jednak dwóm się udało, matce i córce; córka napisała książkę o obozie i marszu na Zachód i opublikowała ją w Ameryce. Policja i prokuratura wytropiły nie tylko owe pięć oskarżonych, ale także kilku świadków ze wsi, gdzie bomby przerwały pochód więźniów. Najważniejszymi świadkami były córka, która przyjechała do Niemiec, i matka, która pozostała w Izraelu. Na przesłuchanie matki sędziowie, prokuratorzy i obrońcy udali się do Izraela – i tylko tej części rozprawy nie mogłem bezpośrednio śledzić.

Jeden z głównych punktów oskarżenia dotyczył selekcji w obozie. Co miesiąc przysyłano z Auschwitz sześćdziesiąt nowych kobiet i dokładnie tyle samo wtedy odsyłano, nie licząc tych, które zmarły. Wszyscy zdawali sobie sprawę, że kobiety te w Auschwitz mordowano; odsyłano bowiem te, które nie mogły już pracować w fabryce. Była to fabryka amunicji, gdzie praca w zasadzie nie należała do ciężkich, ale kobiety prawie jej nie wykonywały, bo musiały odbudowywać fabrykę, ponieważ wiosną eksplozja spowodowała wielkie szkody.

Inny punkt oskarżenia dotyczył bombardowania i nocy, kiedy wszystko się skończyło. Strażnicy i aufzejerki zamknęli więźniarki, setki kobiet, w kościele we wsi, którą opuściła większość mieszkańców. Spadło tylko kilka bomb; może celem były tory pobliskiej linii kolejowej albo tereny fabryczne, a może zrzucono je tylko dlatego, że zostały po nalocie na jakieś większe miasto. Jedna trafiła w plebanię, gdzie spali strażnicy i aufzejerki. Druga w wieżę kościelną. Najpierw zapaliła się wieża, potem dach, potem runęły do środka płonące belki i zajęły się stalle. Ciężkie drzwi pozostały nietknięte. Oskarżone mogły je otworzyć. Ale tego nie zrobiły i zamknięte w kościele kobiety spaliły się żywcem.

6

Dla Hanny rozprawa nie mogłaby potoczyć się gorzej. Już podczas przesłuchań zrobiła na sędziach nie najlepsze wrażenie. Po odczytaniu aktu oskarżenia zgłosiła, że coś się nie zgadza; zirytowany przewodniczący przywołał ją do porządku, stwierdzając, że przed otwarciem głównego postępowania miała dostatecznie dużo czasu, by przestudiować oskarżenie i wnieść zastrzeżenia, że już toczy się główna rozprawa i jeśli w akcie oskarżenia coś się nie zgadza, wykaże to postępowanie dowodowe. A kiedy na jego wstępie przewodniczący zaproponował, żeby zrezygnować z odczytywania książki w wersji niemieckiej, wszystkim zainteresowanym udostępnionej w maszynopisie, bo dopiero przygotowywał ją do druku pewien niemiecki wydawca, adwokat Hanny, motywowany zirytowanym spojrzeniem sędziego, musiał ją przekonywać, żeby się na to zgodziła. Nie chciała. Nie chciała także przyjąć do wiadomości, że wcześniej, kiedy przesłuchiwali ją sędziowie, wyznała, że to ona miała klucz do kościoła. Nie, nie miała klucza, nikt go nie miał, i wcale nie był to jeden klucz, tylko było dużo różnych kluczy do wielu różnych drzwi, i tkwiły od zewnątrz w zamkach. Ale w protokole z przesłuchania widniało co innego, a fakt, że spytała, dlaczego chcą jej to przypisać, nie polepszył sprawy. Nie podnosiła rabanu i nie szukała zwady, ale obstawała przy swoim, choć nie dosłyszawszy wszystkiego dobrze, nie widząc wszystkiego, była, jak zauważyłem, zdezorientowana i bezradna, a mówiąc, że chce się ją o coś posądzać, wcale nie miała na myśli pogwałcenia prawa. Jednakże sędzia przewodniczący tak to zrozumiał i zareagował z całą ostrością. Adwokat Hanny zerwał się na równe nogi, zaczął coś mówić z zapałem i w pośpiechu, ale kiedy go spytano, czy podziela zarzut swojej klientki, usiadł z powrotem.

Hanna chciała, żeby się wszystko zgadzało. Tam, gdzie uważała, że dzieje się niesprawiedliwość, zaprzeczała, potakiwała zaś, gdy jej zdaniem wszystko się zgadzało i gdy stawiano jej słuszne zarzuty. Sprzeciwiała się z uporem i gorliwie przyznawała, tak jakby przyznając się do czegoś, miała prawo sprzeciwu, a sprzeciwiając się, miała obowiązek potwierdzania, o ile nie mogła temu w rzetelny sposób zaprzeczyć. Nie zauważała jednak, że jej upór irytuje przewodniczącego. Zupełnie nie czuła kontekstu, reguł, według których toczy się gra, sformułowań, na których podstawie wypowiedzi jej, a także i innych, klasyfikowano jako winę lub niewinność, nakładano karę bądź uniewinniano. Adwokat Hanny mógłby jakoś zrekompensować jej brak wyczucia sytuacji, ale musiałby albo mieć więcej doświadczenia, albo być po prostu lepszy. A Hanna nie powinna była tak wszystkiego utrudniać, ewidentnie odmawiając mu zaufania; sama jednak nie wybrała sobie żadnego obrońcy, więc dostała go z urzędu. Miała adwokata, którego wyznaczył jej przewodniczący sądu.

Czasami odnosiła coś w rodzaju sukcesu. Przypominam sobie jedno z przesłuchań dotyczących selekcji w obozie. Inne oskarżone zaprzeczały, żeby kiedykolwiek i cokolwiek miały z nimi do czynienia. Hanna natomiast tak szybko potwierdziła, że brała w nich udział, nie sama, ale tak jak pozostałe oskarżone wespół z innymi, że sędzia przewodniczący uznał za stosowne drążyć temat dalej:

– Jak przebiegały selekcje?

Opisywała, jak aufzejerki zmówiły się, że z sześciu tak samo dużych bloków, które miały pod sobą, będą zgłaszać zawsze tę samą liczbę kobiet, zawsze po dziesięć, w sumie sześćdziesiąt więźniarek, ale ponieważ liczby te przy niskiej zachorowalności w jednym bloku, a dużej w drugim, mogłyby się nie zgadzać, wszystkie pełniące służbę aufzejerki będą na koniec wspólnie oceniać, kogo należy odesłać.

– I żadna z was nie chciała się od tego uchylić, wszystkie to robiłyście, razem?

– Tak.

– Czy wiedziałyście, że wysyłacie więźniarki na śmierć?

– Pewnie. Ale przybywały nowe i stare musiały zrobić im miejsce.

– Tak więc, żeby zrobić miejsce, mówiłyście: ty i ty, i ty musisz być odesłana i zamordowana?

Hanna nie rozumiała, o co przewodniczący chciał ją w ten sposób zapytać.

– No... to znaczy... A pan, co by pan zrobił?

Zadała mu to pytanie całkiem serio. Nie wiedziała, co wtedy powinna była, co mogła zrobić, i dlatego od przewodniczącego, który zdawał się wszystko wiedzieć, chciała usłyszeć, co on by zrobił na jej miejscu.

Na chwilę zapanowała cisza. W niemieckich procesach karnych oskarżeni nie mają prawa stawiać pytań sędziom. Ale pytanie już padło i wszyscy czekali na odpowiedź. Sędzia musiał na nie odpowiedzieć, nie mógł przejść nad nim do porządku, zbyć je naganą czy skontrować innym pytaniem. Każdy miał co do tego jasność, on także. I wtedy zrozumiałem, dlaczego zwykł przybierać taki ironiczny wyraz twarzy. Uczynił z niego swoją maskę, by dzięki temu zyskiwać na czasie i szukać odpowiedzi. Ale nie mogło to trwać zbyt długo, bo im dłużej by zwlekał, tym bardziej wzrosłoby napięcie i oczekiwanie na sali i tym lepsza musiałaby być odpowiedź.

– Są rzeczy, w które po prostu nie wolno się wdawać i od których, o ile nie przyjdzie zapłacić za nie własnym życiem, należy odstąpić.

Może by to wystarczyło, gdyby wypowiadając te słowa, mówił o Hannie albo o sobie samym. Mówienie o tym, co należy i czego nie wolno, ile i kogo to może kosztować, nie sprostało powadze pytania, jakie zadała mu Hanna. Chciała wiedzieć, co powinna była zrobić, a nie że są jakieś rzeczy, których się nie robi. Odpowiedź sędziego wypadła beznadziejnie żałośnie. Cała sala tak to odebrała. Wszyscy zareagowali westchnieniem, rozczarowani i zdumieni patrzyli na

Hannę, która w jakimś sensie wygrała tę potyczkę. Hanna jednak na nowo pogrążyła się w myślach.

– A więc miałabym... nie miałabym... nie powinnam się wtedy zgłosić u Siemensa?

To nie było pytanie do sędziego. Mówiła do siebie, z wahaniem, bo wcześniej nie postawiła sobie tego pytania i nie wiedziała, czy tak je należy sformułować i jak na nie odpowiedzieć.

7

Tak jak przewodniczącego irytowała jej zapamiętałość, kiedy czemuś zaprzeczała, tak inne oskarżone irytowała gorliwość, z jaką się przyznawała. Dla ich obrońców, ale także dla obrońcy Hanny, było to fatalne.

Ocena dowodów wypadła dla oskarżonych właściwie korzystnie. Materiał dowodowy w pierwszym punkcie oskarżenia składał się wyłącznie z zeznań matki i córki oraz jej książki. Dobra obrona, nie kwestionując meritum tych zeznań, byłaby w stanie wiarygodnie podważyć zarzut, że to właśnie siedzące tu oskarżone przeprowadzały selekcje. Zeznania świadków okazały się w tym względzie nieprecyzyjne, bo precyzyjne być nie mogły; bądź co bądź był jeszcze komendant, byli strażnicy, były inne aufzejerki oraz cała hierarchia zadań i rozkazów, z którą więźniów tylko częściowo konfrontowano i którą w związku z tym tylko częściowo pojmowali. Podobnie rzecz się miała z drugim punktem oskarżenia. Matka i córka zostały zamknięte w kościele, więc nie mogły zeznawać na temat tego, co działo się na zewnątrz. Oskarżone natomiast nie mogły udawać, że ich tam nie było. Inni świadkowie, którzy wtedy mieszkali w tej wsi, rozmawiali z nimi i pamiętali je. Ale oni też musieli uważać, by nie spotkał ich zarzut, że sami mogli uratować więźniów. Jeśli były tam tylko oskarżone, to czy mieszkańcy wioski nie zdołaliby pokonać tych kilku kobiet i otworzyć drzwi kościoła? Czy nie musieli więc, tak jak oskarżone, przyjąć tej samej linii obrony, że działali pod uwalniającym ich od winy rozkazem? Pod przymusem lub presją wartowników, którzy wtedy jeszcze nie uciekli. Można było zatem, tak jak w przypadku oskarżonych, założyć, że oddalili się tylko na krótko, by zabrać rannych do lazaretu, i że zaraz powrócą.

Kiedy obrońcy pozostałych oskarżonych zauważyli, że po tym, jak Hanna do wszystkiego gorliwie się przyznała, owa strategia nie może się powieść, postawili na inną, która wykorzystywała zeznania Hanny; chcieli ją pogrążyć i w ten sposób uwolnić od zarzutów swoje klientki. Robili to z fachowym dystansem. Pozostałe oskarżone sekundowały im, kiedy stawiali jej nowe oburzające zarzuty.

– Przyznała pani, że wiedziała, iż wysyła więźniów na śmierć. I dotyczyło to tylko pani, nieprawdaż? Nie mogła pani przecież wiedzieć, co wiedziały na ten temat pani koleżanki. Może to pani tylko przypuszczać, ale z pewnością nie stwierdzić, prawda? – pytał adwokat innej oskarżonej.

– Ale my wszystkie wiedziałyśmy...

– My, „my wszystkie". Powiedzieć coś takiego jest łatwiej niż „ja", „ja sama", nieprawdaż? Czy prawdą jest, że pani, pani sama, miała w obozie swoje podopieczne, młode dziewczęta, każdą zawsze na krótko, żeby potem wziąć sobie następną, też tylko na chwilę?

Hanna zwlekała z odpowiedzią.

– Sądzę, że nie byłam jedyną, która...

– Wredna kłamczucha! Tylko ty miałaś swoje ulubienice, tylko ty! – Krzepka kobieta, nie bez oznak otyłości, ziała nienawiścią i była wyraźnie zdenerwowana.

– Czy może być tak, że mówi pani „wiedziałyśmy" tam, gdzie należałoby raczej powiedzieć „sądziłyśmy", i „sądziłyśmy" tam, gdzie to pani po prostu zmyśliła? – Adwokat kiwał potakująco głową, tak jakby przyjmował do wiadomości potwierdzającą odpowiedź. – Czy również prawdą jest, że wszystkie te podopieczne, kiedy już się pani znudziły, z następnym transportem trafiały do Auschwitz?

Hanna nie odpowiadała.

– To była taka pani specjalna selekcja, pani własna selekcja, nieprawdaż? Nie chce jej pani teraz przyjąć do wiadomości, chce ją pani skryć za czymś, co wszyscy robili. Ale...

– O Boże! – Córka, która była świadkiem i po przesłuchaniu usiadła wśród publiczności, zakryła twarz rękoma. – Jak mogłam o tym zapomnieć?

Sędzia przewodniczący zwrócił się do niej z pytaniem, czy chciałaby uzupełnić zeznania. Nie czekała, aż zostanie poproszona na środek. Wstała i zaczęła mówić ze swojego miejsca pośród innych obserwatorów.

– Tak, ona miała swoje ulubienice, zawsze jakąś z tych młodych, słabych i delikatnych, brała je pod swoją opiekę i załatwiała, żeby nie musiały pracować, umieszczała je w lepszym miejscu, traktowała je lepiej, przynosiła im jedzenie, a wieczorem zabierała do siebie. Dziewczętom nie pozwolono mówić, co z nimi wieczorami robiła, my zaś myślałyśmy, że... także dlatego, że wszystkie trafiały do transportu, jakby już się zabawiła i już ją to znudziło. Ale wcale tak nie było, bo któregoś dnia jedna z nich wszystko nam powiedziała i już wiedziałyśmy, że dziewczyny tylko czytają jej na głos, codziennie, wieczór w wieczór. To chyba lepsze niż... także lepsze, niż gdyby miały się na budowie zapracować na śmierć. Musiałam tak myśleć, że było to lepsze, bo inaczej nie mogłabym tego zapomnieć. Ale czy było lepsze?

Usiadła.

Hanna odwróciła się i spojrzała na mnie. Jej wzrok odnalazł mnie od razu i odgadłem, że cały czas wiedziała, że tu jestem. Patrzyła na mnie z obojętnym wyrazem twarzy. O nic nie prosiła, nie chciała niczego zaskarbić, nie zapewniała o niczym, niczemu nie zaprzeczała. Po prostu była. Widziałem, jak jest napięta i zmęczona. Miała sińce pod oczami, a na każdym policzku pionową zmarszczkę, których przedtem nie znałem i które biegły z góry do dołu, jeszcze nie głębokie, ale już wyglądające jak piętno. Kiedy zaczerwieniłem się pod jej spojrzeniem, odwróciła głowę w stronę sędziów.

Sędzia przewodniczący chciał wiedzieć, czy adwokat, który przepytywał Hannę, ma jeszcze pytania do oskarżonej. Chciał też to usłyszeć od adwokata Hanny.

Pytaj ją, pomyślałem. Spytaj, czy wybierała słabe i delikatne dziewczęta, bo i tak nie podołałyby pracy na budowie, i czy później i tak znalazłyby się w następnym transporcie do Auschwitz, i czy chciała im tylko ulżyć. Powiedz to, Hanno. Powiedz, że chciałaś im ulżyć przez ten ostatni ich miesiąc. To dlatego wybierałaś słabe i delikatne. Że nie było, że nie mogło być żadnych innych powodów.

Ale adwokat nie pytał, a Hanna też nic nie powiedziała.

8

Niemiecka wersja książki, którą napisała ocalona córka, ukazała się dopiero po procesie. W czasie jego trwania istniała wprawdzie w formie maszynopisu, ale udostępniano go tylko uczestnikom rozprawy. Musiałem ją czytać po angielsku, co wtedy było dla mnie czymś niezwykłym i mozolnym. Obcy język, jak zawsze, kiedy niedostatecznie się go opanuje i trzeba się z nim zmagać, w swoisty sposób miesza dystans z bliskością. I choć solidnie się nad nią napociłem, nie zdołałem przyswoić sobie tej książki. Pozostała mi obca, tak jak obcy był mi jej język.

Wiele lat później przeczytałem ją znowu i odkryłem, że to książka sama stwarza ten dystans. Nie zachęca do identyfikowania się z kimkolwiek i nikogo nie czyni sympatycznym, ani matki, ani córki, ani tych, z którymi obie w różnych obozach, na koniec w Auschwitz i pod Krakowem, dzieliły los. Nie charakteryzuje blokowych, aufzejerek ani strażników w taki sposób, że można by się do tego ustosunkować, jednych uważać za lepszych, a drugich za gorszych. Uderza w niej owo otępienie, które próbowałem już opisać. Ale mimo stanu otępienia autorka zachowuje umiejętność obserwacji i przeprowadzania analizy. I nie daje się skorumpować, nie użala się nad sobą, nie manipuluje samoświadomością; najpewniej dzięki temu przeżyła i nie tylko poradziła sobie ze spędzonymi w obozach latami, ale także nadała im literacką formę. O sobie, swoim okresie dojrzewania, zachowaniu nad wiek mądrym, a czasem nawet egzaltowanym, pisze z taką samą trzeźwością, z jaką opisuje wszystkie zdarzenia.

Hanna nie pojawia się w książce ani z nazwiska, ani w żaden możliwy do zidentyfikowania sposób. Czasem wydawało mi się, że rozpoznaję ją w jednej z aufzejerek, która została opisana jako młoda, piękna i z wielką gorliwością, bez żadnych skrupułów wykonująca wszystkie zadania, ale nie byłem tego pewny. Kiedy przyrównywałem ją do pozostałych oskarżonych, myślałem, że ową aufzejerką mogła być tylko Hanna. Ale oprócz nich było przecież dużo innych. W jednym z obozów autorka także miała do czynienia z młodą, piękną i pilną, niezwykle okrutną i niepohamowaną aufzejerką, którą nazwała „kobyłą". Bo właśnie kobyłę jej przypominała. Czy inni też ją do niej porównywali? Czy Hanna to wiedziała, pamiętała o tym? Czy dlatego tak ją to ubodło, kiedy porównywałem ją do konia?

Dla autorki i jej matki obóz pod Krakowem był ostatnim przystankiem po Auschwitz. Przyniósł też pewną poprawę: praca, choć nadal ciężka, była nieco lżejsza, jedzenie było lepsze i lepiej było spać po sześć w jednym pomieszczeniu niż po sto w jednym baraku. I miały tam cieplej; kobietom wracającym z fabryki do obozu pozwalano uzbierać trochę drewna. Strach przed selekcjami też był. Ale nie tak wielki jak w Auschwitz. Co miesiąc wysyłano do Auschwitz sześćdziesiąt kobiet, sześćdziesiąt z tysiąca dwustu; miało się więc jakieś dwadzieścia miesięcy życia przed sobą, o ile było się przeciętnie silnym, i zawsze pozostawała nadzieja, że będzie się silniejszym niż wymagana przeciętna. I że wojna skończy się, zanim upłynie dwadzieścia miesięcy.

Najgorsze zaczęło się wraz z likwidacją obozu i wymarszem na Zachód. Była zima, padał śnieg, a ubranie, w którym kobiety ziębły w fabryce i jakoś wytrzymywały w obozie, okazało się zupełnie niewystarczające; jeszcze bardziej niewystarczające były buty, często zrobione z gałganów i papieru, tak powiązanych, żeby podczas stania i chodzenia się nie rozpadały, ale nie dało się ich w żaden sposób powiązać tak, żeby przetrwały długie marsze po śniegu i lodzie. Nie był to zwykły marsz; kobiety, szczute psami, musiały biec.

„Marsz śmierci?”, pyta autorka w książce i odpowiada: „Nie. Trucht śmierci. Galop śmierci”. Wiele kobiet załamywało się po drodze, inne nie podnosiły się ze swego miejsca po nocy spędzonej w stodole czy tylko pod murem. Po tygodniu prawie połowa już nie żyła.

Kościół był lepszym schronieniem niż stodoła i gołe mury, gdzie wcześniej nocowały. Kiedy na szlaku pojawiały się opuszczone gospodarstwa i zatrzymywano się tam na noc, aufzejerki i strażnicy zajmowali budynki mieszkalne. Ale w tej prawie opustoszałej wiosce mogli sobie wybrać dom parafialny, a więźniarkom zostawić coś więcej niż stodołę czy gołe mury. To, że tak postąpili, i że we wsi nawet dano im do jedzenia jakiś ciepły wywar, wydawało się obietnicą końca ich niedoli. Z tą myślą zasnęły. Niedługo potem spadły bomby. Dopóki paliła się tylko wieża, w kościele słychać było buchający ogień, ale nie było go widać. Kiedy odłamał się szpic wieży i uderzył w więźbę dachową, dopiero po kilku minutach pokazała się łuna ognia. Ale wtedy płomienie ześlizgiwały się już w dół i podpalały ubrania, od spadających rozżarzonych belek zajmowały się stalle i ambona, wkrótce potem dach runął w sam środek nawy i wszystko zapłonęło żywym ogniem.

Autorka uważa, że kobiety mogły się uratować, gdyby od razu, wspólnymi siłami, wyważyły drzwi. Ale zanim uświadomiły sobie, co się stało, co zaraz może się wydarzyć, i że nie otwarto im drzwi, było już za późno. Panowała ciemna noc, kiedy obudziło je uderzenie bomby. Z początku wsłuchiwały się przez chwilę w dziwny, niepokojący trzask na wieży, po czym zamilkły, by lepiej go słyszeć, by go rozpoznać. To, że jest to buzowanie i furkotanie ognia, że od czasu do czasu drży za oknami jego łuna, że to ogień trzeszczy nad ich głowami, co oznacza, że przedostał się z wieży na dach – wszystko to kobiety pojęły dopiero wtedy, gdy widać już było, że pali się nad nimi sklepienie. Zrozumiały to i zaczęły krzyczeć, krzyczały z przerażenia, wołały o pomoc, rzucały się do drzwi, szarpały je, waliły w nie, krzyczały.

Kiedy płonąca więźba spadła z hukiem do środka nawy, mury kościoła wessały ogień niczym komin. Większość kobiet nie udusiła się, lecz spłonęła w jasnych głośno buchających płomieniach. Na koniec ogień stopił nawet okute żelazem drzwi, przepalił je na wylot, strawił doszczętnie. Ale to nastąpiło dopiero po wielu godzinach.

Autorka i jej matka przeżyły, ponieważ matka, kierując się złymi pobudkami, zrobiła to, co należało. Kiedy kobiety zaczęły wpadać w panikę, nie mogła tego wytrzymać. Wraz z córką uciekła na galerię ponad nawą. To, że znalazła się bliżej płomieni, nie miało dla niej znaczenia; chciała tylko być jak najdalej od krzyczących, miotających się w koło, płonących kobiet. Galeria była wąska, tak wąska, że palące się belki prawie jej nie dotykały. Obie, matka i córka, przywarły do ściany i patrzyły na szalejący wokół ogień. Jeszcze następnego dnia nie odważyły się ruszyć z miejsca, wydostać na zewnątrz. Potem, w nocy, bały się, że nie trafią na schody i zgubią się w ciemności. Dopiero kolejnego dnia o świcie wyszły z kościoła, napotkały kilku mieszkańców wsi, którzy osłupieli i zaniemówili na ich widok, dali im jednak ubrania i jedzenie i pozwolili odejść.

9

– Dlaczego pani nie otworzyła?

Sędzia przewodniczący stawiał oskarżonym, jednej po drugiej, to samo pytanie. I każda odpowiadała to samo. Że nie mogła otworzyć. Dlaczego? Bo została ranna, kiedy bomba uderzyła w dom parafialny. Albo że po wybuchu bomby była w szoku. Albo że zajęła się rannymi strażnikami i aufzejerkami, wydostawała ich z gruzów, opatrywała, troszczyła się o nich. Nie myślała o kościele, nie przebywała w pobliżu kościoła, nie widziała pożaru w kościele i nie słyszała krzyków dobiegających z kościoła.

Sędzia stawiał oskarżonym, jednej po drugiej, ten sam zarzut. W raporcie można by wyczytać co innego. Było to rozważne sformułowanie. Stwierdzenie, że w raporcie, który odnalazł się w aktach SS, jest co innego, byłoby błędem. Ale że można by wyczytać, to już nie to samo. Sędzia wymienił z nazwiska, kto został zabity w domu parafialnym, a kto ranny, kto ciężarówką odtransportował rannych do lazaretu i kto towarzyszył temu transportowi, jadąc gazikiem. Wspomniał, że aufzejerki czekały na miejscu do końca pożaru, żeby zapobiec jego rozprzestrzenianiu się oraz próbom ucieczki pod osłoną ognia. Wspomniał o śmierci więźniarek.

To, że pośród przytoczonych nazwisk nie było nazwisk oskarżonych, świadczyło o tym, że oskarżone należały do tych aufzejerek, które pozostały na miejscu. A to, że czekały tam, by zapobiec ucieczkom, świadczyło o tym, że po wydobyciu rannych z domu parafialnego i odjeździe transportu do lazaretu nie wszystko jeszcze się skończyło. Pozostałe na miejscu aufzejerki, tak można by to odczytać, pozwoliły, żeby ogień szalał w kościele, a drzwi pozostały zamknięte. Wśród owych aufzejerek były oskarżone.

Nie, mówiły jedna po drugiej, to nie tak. Raport nie odpowiada prawdzie. Widać to już po tym, że pośród zadań pozostałych aufzejerek wymienia zapobieganie rozprzestrzenianiu się pożaru. Jak miałyby wykonać to zadanie? To bzdura, tak samo jak inne – zapobieżenie próbom ucieczki pod osłoną pożaru. Bzdura. Próby ucieczki? Kiedy nie musiały się już troszczyć o swoich i mogłyby się zająć więźniarkami, nie było już komu uciekać. Nie, raport zupełnie, ale to zupełnie nie docenia tego, co robiły tej nocy, co udało im się zdziałać i co wycierpiały. Jak mogło dojść do sfałszowania raportu? Tego też nie wiedziały.

Aż przyszła kolej na tę ziejącą nienawiścią oskarżoną. Ta natomiast wiedziała.

– Niech pan ją spyta! – pokazała palcem na Hannę. – To ona napisała ten raport. To ona wszystkiemu jest winna, tylko ona. Chciała się wykręcić i nas w to wpakować.

Sędzia przewodniczący skierował pytanie do Hanny. Ale było to jego ostatnie pytanie. Pierwsze zaś brzmiało:

– Dlaczego pani nie otworzyła?

– Bo my... my... – Hanna szukała właściwej odpowiedzi. – Bo nie wiedziałyśmy, jak sobie z tym wszystkim poradzić.

– Bo nie wiedziałyście, jak sobie z tym wszystkim poradzić?

– Niektóre z nas nie żyły, a inni uciekli. Mówili, że zawiozą rannych do lazaretu i wrócą, ale wiedzieli, że nie wrócą, i my też wiedziałyśmy. Może wcale nie pojechali do lazaretu, bo z rannymi nie było aż tak źle. My też chciałyśmy się z nimi zabrać, ale powiedzieli, że ranni potrzebują miejsca, a poza tym nie... nie chcieli, nie chcieli brać z sobą aż tylu kobiet. Nie wiem, dokąd pojechali.

– I co pani zrobiła?

– Nie wiedziałyśmy, co robić. Wszystko poszło tak szybko. Płonął dom parafialny, paliła się wieża na kościele, a mężczyźni jeszcze wtedy byli, ale potem już ich nie było, i samochodów też nie, i naraz zostałyśmy same z więźniarkami zamkniętymi w kościele. Zostawili coś z broni, ale nie umiałyśmy się z nią obchodzić, a gdybyśmy nawet umiały, co by nam to dało, nam, kilku kobietom? Jak miałybyśmy pilnować tylu więźniarek? Taki pochód ciągnie się hen, hen, nawet jeśli się go ścieśni, ale żeby pilnować go przez dłuższy czas, trzeba dużo więcej niż tylko kilku nadzorczyń. – Umilkła na moment. – Potem zaczęły się te krzyki i było coraz gorzej. Gdybyśmy wtedy otworzyły i wszystkie by wybiegły...

Sędzia odczekał chwilę, po czym spytał:

– Bała się pani? Bała się pani, że więźniarki by was obezwładniły?

– Że więźniarki nas... nie, ale jak miałybyśmy znowu zaprowadzić porządek? Byłoby tylko zamieszanie, z którym nie dałybyśmy sobie rady. A gdyby próbowały uciekać...

Sędzia ponownie odczekał chwilę, ale Hanna nie dokończyła zdania.

– Czy bała się pani, że w przypadku ucieczki więźniarek zostanie pani aresztowana, skazana, rozstrzelana?

– Nie mogłyśmy tak po prostu pozwolić im uciec! Przecież byłyśmy za to odpowiedzialne... Przecież pilnowałyśmy ich cały czas, w obozie i podczas marszu, przecież o to chodziło, żebyśmy ich pilnowały i żeby one nie uciekały. Dlatego nie wiedziałyśmy, co mamy robić. Nie wiedziałyśmy też, ile kobiet przeżyje następne dni. Tak dużo już umarło, a te, które jeszcze żyły, były takie słabe...

Hanna zauważyła, że tym, co powiedziała, nie wyświadczyła sobie przysługi. Ale nie potrafiła powiedzieć czegoś innego. Mogła tylko próbować wyrazić to lepiej, lepiej opisać, wytłumaczyć. Ale im więcej mówiła, tym gorzej było z nią i jej sprawą. Ponieważ nie wiedziała, ani jak zacząć, ani jak zakończyć, zwróciła się do przewodniczącego;

– A pan co by zrobił?

Tym razem jednak dobrze wiedziała, że nie otrzyma odpowiedzi. Nie spodziewała się żadnej odpowiedzi. Nikt się jej nie spodziewał. Przewodniczący w milczeniu kręcił głową.

Nie, żeby nie można było sobie wyobrazić bezradności, bezbronności, którą opisywała Hanna. Noc, zimno, śnieg, ogień, krzyki kobiet w kościele, zniknięcie tych, którzy wydawali aufzejerkom rozkazy i im towarzyszyli – tak to musiało wyglądać. Ale czy zrozumienie, jak trudna była to sytuacja, mogłoby zrelatywizować przerażenie tym, co oskarżone zrobiły albo czego nie zrobiły? Tak jakby chodziło tu o wypadek na pustej drodze w mroźną zimową noc, z rannymi i roztrzaskanym samochodem, kiedy nie wie się, co robić? Albo o konieczność wyboru pomiędzy dwoma obowiązkami, z których każdy wymaga naszego zaangażowania? Tak można by wyobrazić sobie to, o czym opowiadała Hanna, ale tego nikt nie chciał.

– Czy pani napisała ten raport?

– Wszystkie się zastanawiałyśmy, co napisać. Nie chciałyśmy niczego zrzucać na tych, którzy uciekli. Ale też nie chciałyśmy brać na siebie tego, co źle zrobiłyśmy.

– Mówi pani, że wspólnie się zastanawiałyście. A kto pisał?

– Ty! – Ta sama oskarżona znów wskazała palcem na Hannę.

– Nie, ja nie pisałam. Czy to ważne, kto pisał?

Prokurator zaproponował, żeby biegły porównał pismo z protokołu z pismem oskarżonej Schmitz.

– Moje pismo? Chce pan moje pismo...

Przewodniczący, prokurator i obrońca Hanny dyskutowali, czy da się przeprowadzić identyfikację pisma po upływie ponad piętnastu lat. Hanna przysłuchiwała się temu i kilka razy chciała coś powiedzieć albo o coś spytać, coraz bardziej podenerwowana. Aż w końcu oświadczyła:

– Nie musi pan ściągać biegłego. Przyznaję się, to ja napisałam ten raport.

10

Z piątkowych seminariów nie pamiętam niczego. Także kiedy przywołuję wspomnienia z rozprawy, nie mogę sobie uzmysłowić, jaki jej aspekt opracowywaliśmy naukowo. O czym rozmawialiśmy? Czego chcieliśmy się dowiedzieć? Czego nauczył nas profesor?

Pamiętam za to niedziele. Z dni spędzonych w sądzie wyniosłem głód kolorów i zapachów natury, którego przedtem nie znałem. W piątki i soboty udawało mi się na tyle nadrobić to, co straciłem z powodu nieobecności na wykładach przez pozostałe dni tygodnia, że później mogłem podołać ćwiczeniom i przyswoić sobie materiał z całego semestru. W niedziele biegałem.

Heiligenberg, bazylika św. Michała, wieża Bismarcka, Droga Filozofów, brzeg rzeki – każdej niedzieli prawie zawsze ta sama trasa, bo, jeśli już ją urozmaicałem, to tylko w niewielkim stopniu; wydawała się dostatecznie różnorodna. Wystarczyło mi, że z tygodnia na tydzień obserwowałem coraz bardziej soczystą zieleń, nadreńską równinę to w oparach upału, to spowitą deszczem albo pod ciężkimi burzowymi chmurami, i że w lesie czułem zapach jagód i kwiatów, kiedy przypiekało je słońce, lub ziemi i butwiejących liści z ubiegłego roku, jeśli padało. Nie potrzebuję w ogóle i nie szukam odmiany. Następna podróż nieco dalsza niż poprzednia, kolejny urlop w miejscu, które odkryłem ostatnim razem i które mi się spodobało – kiedyś myślałem, że muszę wytyczać śmielsze cele i podróżować na Cejlon, do Egiptu i Brazylii, aż powróciłem do oswajania na nowo przestrzeni już oswojonych. Widzę w nich więcej.

Odnalazłem to miejsce w lesie, w którym odsłoniła się przede mną tajemnica Hanny. Nie ma w sobie nic szczególnego, wtedy też nie miało, żadnego jakoś osobliwie wyrośniętego drzewa, głazu, niezwykłego widoku na miasto i równinę, niczego, co by skłaniało do zaskakujących skojarzeń. Kiedy rozmyślałem o Hannie, tydzień w tydzień krążąc po tych samych koleinach, jedna z myśli oddzieliła się od pozostałych, podążyła swoją drogą i doszła do własnych wniosków. I kiedy się z tym uporała, uporała się na zawsze – mogło się to przytrafić wszędzie, w każdym razie wszędzie tam, gdzie dobrze znajome i przyjazne otoczenie oraz sprzyjające okoliczności pozwalają dostrzec, pojąć coś, co zaskakujące, mimo że nie spada to na człowieka z zewnątrz, tylko rośnie w nim samym. Tak też się stało na drodze, która pnie się stromym zboczem, przecina szosę, mija studnię i prowadzi najpierw pod starymi, wysokimi i ciemnymi drzewami, a potem wiedzie przez rzadki zagajnik.

Hanna nie umiała czytać ani pisać.

Dlatego chciała, żebym czytał jej na głos. Dlatego, kiedy wybraliśmy się na wycieczkę rowerową, to mnie pozostawiała pisanie i czytanie, i dlatego wtedy rano w hotelu, kiedy znalazła moją kartkę przy łóżku i wiedziała, że mimo moich oczekiwań nie zapozna się z jej treścią, nie panowała nad sobą, bo bała się kompromitacji. To dlatego uciekła przed awansem w pracy; ułomność, którą mogła ukryć, będąc konduktorką, wyszłaby na jaw podczas szkolenia. I dlatego uciekła, zamiast awansować u Siemensa, dlatego została aufzejerką. Dlatego też, żeby uniknąć konfrontacji z biegłym, przyznała się do napisania raportu. I dlatego, wyznając to na procesie, położyła na szali własne życie? Dlatego, że nie mogła przeczytać ani książki, ani aktu oskarżenia, dostrzec szans na swoją obronę i odpowiednio się do niej przygotować? Czy dlatego wysyłała swoje podopieczne do Auschwitz? Żeby, jeśli coś zauważą, zamknąć im usta? I czy dlatego wybierała te najsłabsze?

Dlatego? Dlatego, że się wstydziła, że nie umie czytać ani pisać, wolała mnie zrazić do siebie, niż się skompromitować. Teraz to rozumiałem. Wstyd jako powód wymijającego, odpychającego, skrytego i wypaczonego, a także raniącego innych zachowania; sam to znałem. Ale czy wstyd, że nie umie czytać ani pisać, miał być powodem jej zachowania na procesie i w obozie? Ze strachu, że zdemaskuje się jako analfabetka, zdemaskowała się jako zbrodniarka? Ze strachu przed ujawnieniem analfabetyzmu popełniła zbrodnię?

Jakże często zadawałem sobie wówczas i do dziś zadaję te same pytania. Jeśli motywem Hanny był strach przed kompromitacją, jak to możliwe, że zamiast nieszkodliwego zdemaskowania swojego analfabetyzmu wybrała inną potworną kompromitację, kompromitację zbrodniarki? A może myślała, że uda się jej przebrnąć przez to wszystko i wyjść cało, bez żadnej kompromitacji? A może była po prostu głupia? Albo tak harda i zła, że chcąc uniknąć kompromitacji, stała się zbrodniarką?

Od tamtej pory wciąż na nowo odrzucam takie myślenie. Nie, powiedziałem sobie, Hanna nie decydowała się na zbrodnię. Postanowiła, że nie będzie awansować u Siemensa i siłą rzeczy została aufzejerką. I nie, nie wysyłała delikatniejszych i słabszych z transportem do Auschwitz, dlatego że czytały jej na głos, lecz wybierała je, by te ostatnie miesiące życia uczynić im znośniejszymi. I nie, Hanna podczas procesu nie zastanawiała się, czy ma być skompromitowana jako analfabetka, czy jako zbrodniarka. Nie kalkulowała, nie prowadziła żadnej gry. Zaakceptowała to, że została pociągnięta do odpowiedzialności, nie chciała tylko jeszcze bardziej się skompromitować. Nie dbała o własny interes, ale walczyła o swoją prawdę, swoją sprawiedliwość. A ponieważ zawsze musiała się trochę maskować, nigdy nie mogła się całkiem otworzyć, nigdy być sobą, owa prawda i owa sprawiedliwość były żałosne, ale była to jej żałosna prawda i jej żałosna sprawiedliwość, a walka o nie była jej walką.

Musiała być skrajnie wyczerpana. Walczyła nie tylko podczas procesu. Walczyła zawsze, walczyła nie o to, żeby pokazać, co potrafi, ale żeby ukryć to, czego nie umie. W jej życiu każdy start polegał na energicznym odwrocie, a zwycięstwo oznaczało skrywaną porażkę.

W szczególny sposób poruszyło mnie, że to, co musiało ją skłonić do opuszczenia miasta, tak bardzo różniło się od tego, co sobie wtedy wyobrażałem. Byłem pewny, że wygnałem Hannę, ponieważ ją zdradziłem i się jej wyparłem. A w rzeczywistości sama stąd uciekła, żeby uniknąć kompromitacji na kursie tramwajarskim. Ale to, że nie ja ją wygnałem, nie zmieniało tego, że ją zdradziłem. Tak więc nadal byłem winny. A jeślibym nie miał być winny dlatego, że zdrada zbrodniarki winą być nie może, byłem winny, bo zbrodniarkę kochałem.

11

Hanna, przyznając się do napisania raportu, bardzo ułatwiła zadanie innym oskarżonym. Tam, gdzie nie działała sama, rozkazywała im, groziła i je zmuszała. Przejęła dowodzenie komandem. Protokołowała, odpowiadała za wszystko. Podejmowała decyzje.

Mieszkańcy wioski, którzy zeznawali jako świadkowie, nie mogli ani tego potwierdzić, ani temu zaprzeczyć. Widzieli, że płonącego kościoła pilnowało wiele kobiet w mundurach i że był zamknięty, i nie odważyli się otworzyć drzwi. Spotkali te same kobiety następnego dnia, kiedy szykowały się do drogi, i rozpoznawali je teraz w oskarżonych. Ale która z nich miała im przewodzić, kiedy widzieli je tamtego ranka, i czy w ogóle któraś przewodziła, tego nie umieli powiedzieć.

– No, ale nie możecie państwo wykluczyć, że obecna tu oskarżona – adwokat innej aufzejerki wskazał na Hannę – podejmowała decyzje?

Nie mogli. Bo jak mieliby to zrobić, widząc pozostałe kobiety, wyraźnie starsze, bardziej zmęczone, bardziej tchórzliwe i bardziej zgorzkniałe. Nie chcieli. W porównaniu z innymi Hanna wyglądała na przywódczynię. Poza tym fakt, że był jakiś dowódca, odciążał mieszkańców wioski. Zrezygnowali z udzielenia pomocy, bo mieli przed sobą sprawnie prowadzoną jednostkę, a to czyniło ich lepszymi, niż gdyby nie pospieszyli z pomocą, mając przed sobą jedynie kilka zdezorientowanych kobiet.

Hanna walczyła dalej. Przyznawała się do tego, co odpowiadało prawdzie, i zaprzeczała, jeśli coś się nie zgadzało. Zaprzeczała z coraz większą desperacją i gwałtownością. Nie podnosiła głosu. Ale intensywność, z jaką to robiła, zrażała do niej sędziów.

W końcu się poddała. Mówiła tylko wtedy, kiedy była pytana, odpowiadała krótko, zwięźle, czasami niezbornie. I jakby chciała pokazać, że się poddała, mówiła, nie podnosząc się z miejsca. Przewodniczący, który na początku procesu wielokrotnie jej powtarzał, że nie musi wstawać, że może siedzieć, także i to przyjął z urazą. Nieraz pod koniec rozprawy odnosiłem wrażenie, że sąd ma już dość wszystkiego, że chciałby mieć już tę sprawę za sobą, żeby znów zająć się teraźniejszością, że po tylu tygodniach nie interesują go już sprawy przeszłości.

Ja też miałem dosyć. Ale nie mogłem tego tak zostawić. Dla mnie rozprawa nie zmierzała ku końcowi, lecz dopiero się zaczynała. Byłem widzem i nagle stałem się uczestnikiem, brałem udział w tej grze i podejmowaniu decyzji. Nie szukałem tej roli i nie wybrałem jej sobie, ale miałem ją, czy tego chciałem, czy nie, obojętnie, czy coś robiłem, czy byłem całkiem bierny.

Czy mogłem coś zrobić? Tylko jedno. Mogłem pójść do przewodniczącego sądu i powiedzieć, że Hanna jest analfabetką. Że nie była głównym sprawcą i nie była wszystkiemu winna, jak twierdzą inne oskarżone. Że jej zachowanie podczas procesu nie miało nic wspólnego z niepoprawnością, brakiem rozsądku czy arogancją, ale że wynikało z braku znajomości aktu oskarżenia i maszynopisu książki, a także chyba z całkowitego braku zmysłu taktycznego. Że Hanna w swej obronie jest wyraźnie dyskryminowana. Że jest winna, ale nie aż tak, jakby na to wskazywały pozory.

Może nie przekonałbym przewodniczącego. Ale skłoniłbym go do ponownych przemyśleń i zbadania sprawy. Na koniec okazałoby się, że miałem rację. Hannę wprawdzie by ukarano, ale dostałaby niższy wyrok. Poszłaby do więzienia, ale wcześniej by z niego wyszła, wcześniej byłaby znów na wolności. Czy nie o to walczyła?

Tak, o to walczyła, ale nie było jej wolą okupienie tego sukcesu zdemaskowaniem swego analfabetyzmu. Nie chciałaby też, żebym sprzedał jej wizerunek za łagodniejszy wyrok. W taki handel mogłaby się wdać sama; nie zrobiła tego, a więc nie chciała. Jej wizerunek był dla niej wart wielu lat więzienia.

Ale czy rzeczywiście był tego wart? Co miała z owego zakłamanego wizerunku, który ją krępował, paraliżował, nie pozwalał się rozwijać? Z takim zapałem, z jakim podtrzymywała swoje życiowe kłamstwo, dawno by już nauczyła się pisać i czytać.

Próbowałem wówczas rozmawiać o tym z przyjaciółmi. Wyobraź sobie, mówiłem, że ktoś świadomie działa na swoją zgubę, a ty mógłbyś go uratować. Zrobiłbyś to? Wyobraź sobie operację i pacjenta, który bierze narkotyki wykluczające anestezję, wstydzi się jednak przyznać, że bierze, nie chce tego powiedzieć anestezjologowi. Porozmawiałbyś z tym lekarzem? Wyobraź sobie rozprawę sądową i oskarżonego, który zostanie ukarany, jeśli się nie przyzna, że jest leworęczny i że nie mógł dokonać czynu popełnionego prawą ręką, ale się wstydzi, że jest leworęczny. Powiedziałbyś o tym sędziemu? Wyobraź sobie, że jest gejem i nie mógłby tego czynu jako gej popełnić, ale wstydzi się do tego przyznać. Nie, nie chodzi o to, czy trzeba się wstydzić, że jest się leworęcznym albo gejem. Po prostu wyobraź sobie, że oskarżony się wstydzi.

12

Postanowiłem porozmawiać z ojcem. Nie dlatego, żeby łączyła nas szczególna bliskość. Mój ojciec był człowiekiem zamkniętym w sobie, nie potrafił nam, dzieciom, komunikować swoich uczuć ani nie wiedział, co począć z tymi, które my mu okazywaliśmy. Długi czas przypuszczałem, że za owym niekomunikatywnym zachowaniem kryje się bogactwo niewydobytych skarbów. Ale później zacząłem się zastanawiać, czy w ogóle jest tam cokolwiek. Może jako chłopiec i młody człowiek był bogaty w uczucia, ale nie ujawniając ich latami, pozwolił im uschnąć i obumrzeć.

Właśnie z powodu tego dystansu między nami chciałem z nim porozmawiać. Chciałem porozmawiać z filozofem piszącym o Kancie i Heglu, którzy, co wiedziałem, zajmowali się kwestiami moralnymi. Powinien umieć objaśnić mi mój problem w kategoriach abstrakcyjnych, a nie tak jak moi przyjaciele skupić się na niedostatkach w podawanych przeze mnie przykładach.

Kiedy my, dzieci, chcieliśmy z nim porozmawiać, ojciec, podobnie jak swoim studentom, wyznaczał nam odpowiedni termin. Pracował w domu i chodził na uniwersytet tylko po to, żeby prowadzić wykłady i seminaria. Jego koledzy oraz studenci, jeśli chcieli z nim porozmawiać, przychodzili do niego do domu. Pamiętam rząd studentów opartych o ścianę w korytarzu, którzy czekali, aż przyjdzie ich kolej; jedni czytali, inni oglądali wiszące tam obrazki z widokami miast, jeszcze inni bezmyślnie gapili się przed siebie, nikt się nie odzywał, nie licząc krótkiego, speszonego pozdrowienia, kiedy my, dzieci, pozdrawiając ich, przechodziliśmy korytarzem. My, kiedy ojciec wyznaczył nam termin, nie czekaliśmy na korytarzu. Ale o wyznaczonym czasie też pukaliśmy do drzwi jego gabinetu, czekając, aż zaprosi nas do środka.

Pamiętam dwa gabinety mojego ojca. Okna pierwszego, w którym Hanna wodziła palcem po grzbietach książek, wychodziły na ulice i inne domy. Okna drugiego na równinę nad Renem. Dom, do którego wprowadziliśmy się na początku lat sześćdziesiątych i w którym rodzice mieszkali nadal, kiedy my, dzieci, już dorośliśmy, stał na zboczu nad miastem. I tu, i tam okna nie powiększały tego pomieszczenia o świat za nimi, ale wieszały go niczym obrazy na ścianie pokoju. Gabinet ojca był jak skorupa, w której książki, papiery, myśli, dym z fajki i papierosów stworzyły własne, inne niż panujące w zewnętrznym świecie zależności. Bliskie mi i zarazem obce.

Ojciec kazał przedstawić sobie mój problem w abstrakcyjnej formie i poprzeć go przykładami.

– Ma to coś wspólnego z procesem, prawda?

Wypowiadając te słowa, kręcił głową, by zasygnalizować, że nie oczekuje odpowiedzi i że nie zamierza mnie sondować, nie chce wiedzieć nic ponad to, co sam mu powiem. Po czym, przekrzywiwszy głowę i trzymając się mocno poręczy fotela, zamyślił się. Nie patrzył na mnie. Przyglądałem się jego siwym włosom, jego jak zawsze źle ogolonym policzkom, głębokim bruzdom pomiędzy oczyma i biegnącym od nozdrzy do kącików ust podłużnym zmarszczkom. Czekałem.

Kiedy przemówił, zaczął od wywodów. Wspomniał o jednostce, wolności i o godności człowieka, o człowieku jako podmiocie i o tym, że nie można czynić z niego przedmiotu.

– Czy już nie pamiętasz, jak bardzo potrafiło cię jako małego chłopca oburzyć, kiedy mama wiedziała, co jest dla ciebie dobre? Już to, jak dalece wolno się tu posunąć w przypadku dziecka, od zawsze było istotnym problemem. Jest to wprawdzie filozoficzny problem, ale filozofia nie dba o dzieci. Zostawiła je w rękach pedagogiki, ale to nie są dla nich dobre ręce. Filozofia zapomniała o dzieciach. – Uśmiechnął się do mnie. – Zawsze o nich zapominała, a nie tylko czasami, jak ja o was.

– Ale...

– Ale dla dorosłych nie znajduję żadnego usprawiedliwienia, żeby to, co ktoś inny uważa dla nich za dobre, przedkładali nad to, co sami za takie uważają.

– Nawet wtedy, gdyby dzięki temu później byli szczęśliwi?

Pokręcił głową.

– Nie mówimy tu o szczęściu, ale o godności człowieka i jego wolności. Już jako mały chłopiec umiałeś to rozróżnić. Nie było dla ciebie żadną pociechą, że mama zawsze miała rację.

Dzisiaj chętnie wracam myślami do tamtej rozmowy z ojcem. Zapomniałem o niej do czasu, kiedy po jego śmierci zacząłem szukać w odmętach pamięci związanych z nim wspomnień, przeżyć i doświadczeń. Kiedy ją odnalazłem, analizowałem ją na nowo, zdziwiony i szczęśliwy. Początkowo byłem zbity z tropu ową mieszanką abstrakcji i poglądowości, jaką przedstawił mi ojciec. Ale w końcu to, co powiedział, wytłumaczyłem sobie tak, że nie muszę rozmawiać z sędzią, ba, że nawet nie wolno mi z nim o Hannie rozmawiać. I poczułem ulgę.

Ojciec to zauważył.

– I co, podoba ci się filozofia?

– No tak. Nie wiedziałem, czy w sytuacji, o której mowa, należy coś robić, a na myśl o tym, że jednak trzeba, nie byłem zbytnio szczęśliwy, no ale skoro wręcz nie wolno nic robić, to uważam... – Nie wiedziałem, co powiedzieć. Że przyniosło mi to ulgę? Uspokojenie? Sprawiło przyjemność? Nie, nie byłoby to moralne ani odpowiedzialne. „Uważam", brzmiało moralnie i odpowiedzialnie, ale nie mogłem stwierdzić, że uważam to za dobre rozwiązanie albo nawet za coś więcej niż ulgę.

– Że jest to przyjemne? – podsunął ojciec.

Pokiwałem głową i wzruszyłem ramionami.

– Nie, twój problem nie ma przyjemnego rozwiązania. Naturalnie, że trzeba działać, jeśli opisana przez ciebie sytuacja jest kwestią nabytej lub przejętej odpowiedzialności. Jeśli wie się, co dla kogoś jest dobre, i jeśli on sam zamyka na to oczy, trzeba spróbować mu te oczy otworzyć. Ale należy zostawić mu ostanie słowo i należy z nim porozmawiać, z nim, a nie z kimś innym za jego plecami.

Porozmawiać z Hanną? Co miałbym jej powiedzieć? Że przejrzałem jej największe kłamstwo? Że była na najlepszej drodze, by dla tego głupiego kłamstwa poświęcić całe swoje życie? Że to kłamstwo nie było warte takiej ofiary? Że powinna walczyć, by nie pójść do więzienia na dłużej niż to konieczne, i by potem móc jeszcze dużo zrobić w życiu? Czy mogłem odebrać jej to kłamstwo, równocześnie nie otwierając przed nią jakiejś perspektywy życiowej? Nie wyobrażałem sobie w jej przypadku żadnej dłuższej perspektywy i nie wiedziałem także, jak miałbym stanąć przed nią i powiedzieć jej, że po tym, co zrobiła, zasługuje tylko na taką perspektywę, która nazywa się krótszy albo nieco krótszy pobyt w więzieniu. Nie wiedziałem, jak miałbym przed nią stanąć i cokolwiek powiedzieć. W ogóle nie wiedziałem, jak miałbym przed nią stanąć.

– A co, jeśli nie można z tym kimś porozmawiać? – spytałem ojca.

Popatrzył na mnie z powątpiewaniem. Sam wiedziałem, że to pytanie nie należy już do tematu. Nie było co moralizować. Pozostało tylko podjąć decyzję.

– Nie potrafiłem ci pomóc. – Ojciec podniósł się, ja także. – Nie, nie musisz wychodzić, po prostu bolą mnie plecy. – Stał przygarbiony, z rękoma przyciśniętymi do nerek. – Nie mogę powiedzieć, by mi było przykro, że nie potrafię ci pomóc. Mówię jako filozof, którego o to spytałeś. Jako ojciec uważam doświadczenie tego, że nie można pomóc własnym dzieciom, za prawie nie do zniesienia.

Czekałem, ale nie dodał nic więcej. Sądziłem, że wszystko upraszcza; ja wiedziałem, kiedy powinien bardziej się o nas troszczyć i kiedy mógłby nam pomóc. Potem przyszło mi na myśl, że może jednak to wie i że naprawdę ciężko to znosi. Ale tak czy inaczej, nie mogłem mu nic powiedzieć. Byłem zmieszany i miałem wrażenie, że on również jest zmieszany.

– Tak więc...

– Zawsze możesz przyjść. – Ojciec spojrzał mi w oczy.

Nie wierzyłem mu, ale pokiwałem głową.

13

W czerwcu sąd udał się na dwa tygodnie do Izraela. Tamtejsze przesłuchanie miało trwać kilka dni. Ale sędziowie i prokuratorzy połączyli pracę z turystyką. Jerozolima, Tel Awiw, Negew i Morze Czerwone. Wyjazd służbowy, urlop, koszty i aspekt prawny – wszystko na pewno było w porządku. Ja wszakże uważałem to za osobliwe.

Owe dwa tygodnie planowałem całkowicie poświęcić studiom. Ale nie poszło tak, jak to sobie wyobrażałem i postanowiłem. Nie mogłem skupić się na nauce, na wykładach i na książkach. Moje myśli wciąż gdzieś uciekały, gubiły się w różnych obrazach.

Widziałem Hannę obok płonącego kościoła, z zaciętą twarzą, w czarnym mundurze i z pejczem w dłoni. Kreśli nim kółka na śniegu i uderza o cholewy swoich butów. Widziałem ją, kiedy każe sobie czytać na głos. Słucha w skupieniu, o nic nie pyta, nie robi żadnych uwag. I kiedy mija godzina, komunikuje swej lektorce, że jutro znajdzie się w transporcie do Auschwitz. Lektorka, chuda istota z czarną szczeciną na głowie i oczyma krótkowidza, zaczyna płakać. Hanna wali ręką w ścianę i wchodzą dwie kobiety, również więźniarki w pasiakach, i siłą wyciągają lektorkę z pokoju Hanny. Widziałem Hannę, jak idzie drogą w obozie, wchodzi do baraków lub nadzoruje prace na budowie. Wszystko to robi z tą samą zaciętą twarzą, zimnym wzrokiem, zaciśniętymi ustami, a więźniarki kulą się, garbią, przywierają do ściany, rozpłaszczają na niej, jakby chciały się w niej zatopić. Czasami ustawia się wiele kobiet: biegają to w jedną, to w drugą stronę, formują szeregi albo maszerują, a Hanna stoi między nimi i wykrzykuje komendy, ma skrzywioną w grymasie twarz, pomaga sobie pejczem. Widziałem, jak wieża kościoła uderza w jego dach i sypią się iskry, słyszałem rozpaczliwe krzyki kobiet. Widziałem wypalony kościół.

Były też inne obrazy. Widziałem Hannę, która w kuchni wkłada pończochy albo stoi z ręcznikiem kąpielowym przed wanną. Hannę na rowerze, kiedy wiatr podwiewa jej sukienkę; Hannę, która stoi w gabinecie ojca; Hannę, która tańczy przed lustrem albo na basenie patrzy w moją stronę; Hannę, która przysłuchuje się, kiedy do niej mówię, która mówi do mnie, śmieje się do mnie, kocha mnie. Straszne to było, kiedy obrazy mieszały się ze sobą. Hanna, która kocha mnie z zimnym wzrokiem i zaciśniętymi ustami, która przysłuchuje się bez słowa, kiedy czytam, a na koniec wali ręką w ścianę; Hanna, która mówi do mnie, a jej twarz wykrzywia przeraźliwy grymas. Najgorsze były sny, w których twarda, wyniosła i okrutna Hanna podniecała mnie seksualnie i z których budziłem się pełen tęsknoty, wstydu i oburzenia. Ze strachem i pytaniem, kim ja właściwie jestem.

Wiedziałem, że te zmyślane obrazy były żałosnymi stereotypami. Nie przystawały do Hanny, jaką poznałem i znałem potem, nie oddawały prawdy o niej. Posiadały jednakże wielką siłę. Rozkładały na czynniki zapamiętane przeze mnie obrazy Hanny i łączyły się z obrazami obozu, które miałem w głowie.

Kiedy dzisiaj myślę o tamtych latach, uderza mnie to, jak właściwie mało mówiono wtedy na temat życia i mordów w obozach, jak mało było obrazów, które by je uzmysławiały. Znaliśmy bramę Auschwitz i napis nad nią, wielopiętrowe drewniane prycze, stosy włosów, okularów i walizek, bramę wjazdową do Birkenau, z wieżą strażniczą, budynkami i torami kolejowymi, i góry trupów z Bergen-Belsen, które alianci zastali tam po oswobodzeniu obozu i sfotografowali. Znaliśmy niektóre z relacji więźniów. Część raportów ukazała się zaraz po wojnie, ale potem wydano je ponownie dopiero w latach osiemdziesiątych; wcześniej ich nie publikowano. Dzisiaj wiele książek i filmów przedstawia nasz wspólny świat, a świat obozów jest jego częścią, jest dopełnieniem rzeczywistości. Wyobraźnia orientuje się w nim, a od czasu telewizyjnej serii dokumentalnej *Holocaust* i filmów fabularnych, takich jak *Wybór Zofii* czy zwłaszcza *Lista Schindlera*, porusza się w nim, nie tylko go postrzegając, ale również uzupełniając i upiększając. W tamtych latach wyobraźnia prawie się w nim nie poruszała, bo uważano, że nie pasuje to do wstrząsu, którym było poczucie winy wobec świata obozów. Oglądała więc wciąż i wciąż od nowa te kilka obrazów, które zawdzięczała alianckim fotografiom i raportom więźniów, aż zastygły w formę stereotypów.

14

Postanowiłem wyjechać. Gdybym mógł z dnia na dzień wybrać się do Auschwitz, zrobiłbym to. Ale załatwienie wizy trwałoby całe tygodnie. Tak więc pojechałem do Struthof w Alzacji. Był to najbliższy obóz koncentracyjny. Nigdy jeszcze żadnego nie widziałem. Chciałem tam, na miejscu, obalić stereotypy.

Pojechałem autostopem. Pamiętam jakąś ciężarówkę, której kierowca opróżniał jedną po drugiej butelki piwa, i mercedesa, którego prowadził facet w białych rękawiczkach. Za Strasburgiem miałem szczęście; zatrzymany przeze mnie samochód jechał do Schirmeck, miasteczka położonego niedaleko Struthof.

Kiedy powiedziałem kierowcy, dokąd jadę, przestał się odzywać. Spoglądałem na niego, ale nie mogłem wyczytać z jego twarzy, dlaczego zamilkł tak nagle podczas naszej ożywionej konwersacji. Był w średnim wieku, miał chudą, pociągłą twarz, czerwone znamię albo bliznę po oparzeniu na prawej skroni i kosmate czarne włosy z równym przedziałkiem pośrodku. Wzrok utkwił w szosę.

Przed nami rozciągały się pagórki Wogezów. Zjeżdżaliśmy wśród winnic do szeroko otwierającej się przed nami doliny na niewysokim płaskowyżu. Zbocza po obu stronach porastał las mieszany, tu i ówdzie widać było kamieniołomy, ceglane mury fabrycznych hal z pofałdowanymi dachami, stare sanatorium, ogromną willę z wieloma wieżyczkami pośród wysokich drzew. Raz z lewej, raz z prawej strony pojawiały się tory kolejowe.

Wtedy znów się odezwał. Spytał, dlaczego jadę do Struthof, a ja opowiedziałem mu o procesie i o moich lukach w wyobraźni.

– Ach, więc chce pan zrozumieć, dlaczego ludzie mogą robić takie okropne rzeczy.

W jego głosie pobrzmiewała nuta ironii. Ale może była to tylko kwestia tembru i zabarwionego dialektem języka. Nim zdążyłem odpowiedzieć, mówił dalej:

– Co pan właściwie chce zrozumieć? A to, że człowiek morduje z namiętności, z miłości lub z nienawiści albo dla obrony honoru lub z zemsty, to pan rozumie?

Pokiwałem głową.

– Rozumie pan też, że morduje się, żeby być bogatym albo żeby mieć władzę? Że morduje się na wojnie albo podczas rewolucji?

Znowu pokiwałem głową.

– Ale...

– Ale ci, którzy zostali zamordowani w obozach, nie zrobili niczego tym, którzy ich tam zamordowali? To chce pan powiedzieć? Chce pan powiedzieć, że nie było żadnego powodu do wojny i nienawiści?

Nie chciałem znowu przytakiwać. To, co mówił, nie odpowiadało mi z uwagi na sposób, w jaki mówił. On zaś kontynuował:

– Ma pan rację, nie było żadnego powodu do wojny i nienawiści. Ale kat też nie żywi nienawiści do tego, którego zaraz straci, a mimo to zabija go. Bo tak mu rozkazano? Myśli pan, że to robi, bo dostał taki rozkaz? I myśli pan, że mówię teraz o rozkazie i posłuszeństwie, i o tym, że załogi obozów dostawały rozkazy i musiały im być posłuszne? – Roześmiał się pogardliwie. – Nie, ja nie mówię o rozkazie i posłuszeństwie. Kat nie wykonuje rozkazów. On wykonuje swoją pracę. Nie żywi nienawiści do tych, których ma stracić, nie mści się na nich, nie zabija ich, bo stanęli mu na drodze albo mu zagrażają, czy go atakują. Są mu całkowicie obojętni. Tak obojętni, że równie dobrze mógłby ich zabić, jak i nie zabić.

Popatrzył na mnie.

– Żadnego „ale"? No, niech pan powie, że człowiek nie może być drugiemu człowiekowi tak obojętny. Nie uczył się pan o tym? O solidarności ze wszystkim, co ma ludzkie oblicze? O godności człowieka? O wielkim szacunku dla życia?

Byłem oburzony i bezsilny. Szukałem odpowiedniego słowa, zdania, które wymazałoby wszystko, co powiedział, i odjęło mu mowę.

– Widziałem kiedyś – ciągnął dalej – fotografię z egzekucji Żydów w Rosji. Żydzi czekają nago w długim szeregu, niektórzy na krawędzi dołu, a za nimi stoją żołnierze z karabinami i strzelają im w kark. Dzieje się to w jakimś kamieniołomie. Ponad Żydami i żołnierzami na skalnej półce siedzi oficer, który spuścił nogi i nimi macha, i pali papierosa. Patrzy trochę niezadowolony. Może wszystko nie idzie dostatecznie szybko. Ale na jego twarzy widać także cień zadowolenia, nawet błogości, może dlatego, że bądź co bądź robota posuwa się naprzód i zaraz będzie fajrant. On nie czuje nienawiści do Żydów. Nie jest...

– To pan? To pan siedział na tej skale?

Zahamował. Był całkiem blady, a znamię na jego skroni niemal świeciło.

– Won!

Wysiadłem. Ruszył tak, że musiałem uskoczyć na bok. Słyszałem go jeszcze na następnych zakrętach. Potem zapadła cisza.

Szedłem w górę drogi. Nie wyprzedziło mnie żadne auto, żadne nie nadjechało z przeciwka. Słyszałem ptaki, wiatr w drzewach, czasami szum strumienia. Oddychałem z ulgą. Po kwadransie dotarłem do obozu koncentracyjnego.

15

Niedawno znów tam pojechałem. Zimą, w jasny i chłodny dzień. Za Schirmeckiem las był ośnieżony: przypudrowane na biało drzewa i pokryta bielą ziemia. Teren obozu, prostokąt na opadającym górskim tarasie z panoramą Wogezów, lśnił bielą w jasnym słońcu. Szaroniebieska farba na deskach dwu- i trzypiętrowych wież wartowniczych i parterowych baraków wesoło kontrastowała ze śniegiem. Była tu brama z zasiekami, tablicą „Konzentrationslager Struthof-Natzweiler" i podwójnym, okalającym cały obóz ogrodzeniem z drutu kolczastego. Ale skrząca się powłoka śniegu na ziemi pomiędzy zachowanymi jeszcze barakami, na której wtedy tłoczyły się jeden przy drugim inne baraki, nie pozwalała dostrzec niczego, co zostało z obozu. Równie dobrze mogłyby tu jeździć na sankach dzieci, które w tych przyjemnych barakach z ładnymi oknami o wielu szybkach spędzają zimowe ferie i które zaraz ktoś zawoła do środka na ciasto i gorącą czekoladę.

Obóz był zamknięty. Brnąłem w śniegu wokół ogrodzenia, aż przemoczyłem nogi. Widziałem stąd dobrze cały teren i przypomniało mi się, jak wtedy, gdy po raz pierwszy tu przyjechałem, obszedłem go, wchodząc na stopnie, które wyrastały pomiędzy fundamentami rozebranych baraków. Pamiętałem także piece krematoryjne, które pokazywano w jednym z nich, i to, że inny, „Zellenbau", był obozowym więzieniem. Pamiętam daremne próby wyobrażenia sobie obozu, więźniów, strażników i samego cierpienia. Naprawdę próbowałem; patrzyłem na barak, zamykałem oczy i widziałem go w długim szeregu. Przemierzyłem jeden z baraków, dzięki ulotce poznałem liczbę trzymanych w nim więźniów i wyobraziłem sobie jego ciasnotę. Dowiedziałem się, że stopnie pomiędzy barakami służyły również jako plac apelowy, i patrząc z dołu aż po górną granicę obozu, wypełniłem go rzędami pleców. Ale wszystko na próżno; czułem, że poniosłem żałosną, zawstydzającą porażkę. W drodze powrotnej, nieco niżej na tym samym zboczu, zobaczyłem stojący naprzeciwko restauracji domek, który okazał się komorą gazową. Pomalowany na biało, drzwi i okna miał obramowane piaskowcem; mógłby być stajnią, szopą albo domkiem dla służby. Także był zamknięty, a ja nie przypominałem sobie, żebym kiedyś do niego wchodził. Nie wysiadłem z samochodu. Siedziałem przez chwilę przy włączonym silniku i patrzyłem. Potem ruszyłem dalej.

Z początku nie chciałem kluczyć po alzackich wioskach i szukać restauracji, żeby zjeść obiad. Ta niechęć nie wynikała z moich prawdziwych emocji, ale z przemyśleń, jak człowiek powinien się czuć po zwiedzeniu obozu koncentracyjnego. Później jednak wzruszyłem ramionami i w jakiejś wiosce na zboczu Wogezów znalazłem restaurację Au Petit Garçon. Ze swojego miejsca miałem widok na równinę. „Chłopczyk", tak nazywała mnie Hanna.

Podczas mojego pierwszego pobytu chodziłem po obozie aż do zamknięcia. Potem usiadłem pod pomnikiem, który stoi powyżej obozu, i patrzyłem z góry na cały teren. Czułem w sobie wielką pustkę, jakbym nie szukał wrażeń na zewnątrz, ale w sobie samym, i jakbym musiał stwierdzić, że niczego nie da się we mnie znaleźć.

Potem zrobiło się ciemno. Czekałem godzinę, zanim udało mi się wskoczyć na tył małej otwartej ciężarówki, która zabrała mnie do pobliskiej wsi, gdzie zarzuciłem myśl o dalszej podróży tego dnia. Znalazłem tani pokój w gospodzie i zjadłem w niej cienki stek z frytkami i groszkiem.

Przy sąsiednim stole czterech mężczyzn hałaśliwie grało w karty. Drzwi się otworzyły i, nie witając się z nikim, wszedł do środka stary mężczyzna małego wzrostu. Był w krótkich spodniach i miał drewnianą nogę. Zażądał piwa, stojąc przy barze, odwrócony do sali plecami i dużą, o wiele za dużą łysą czaszką. Karciarze przerwali grę, sięgnęli do popielniczki, zaczęli wyjmować z niej niedopałki i w niego rzucać. Mężczyzna machał rękoma wokół głowy, jakby chciał odgonić od siebie muchy. Gospodarz postawił przed nim piwo. Nikt się nie odzywał.

Nie wytrzymałem, zerwałem się z miejsca i podszedłem do sąsiedniego stołu.

– Proszę przestać! – krzyknąłem, drżąc z oburzenia.

W tej samej chwili mężczyzna przykuśtykał do mnie wielkimi chwiejnymi susami, pomajstrował coś przy nodze i nagle miał ją w obu rękach, po czym rzucił ją z hukiem na stół, tak że popielniczka i szklanki podskoczyły, a sam opadł na wolne krzesło i się roześmiał. Z jego bezzębnych ust dobywał się piskliwy chichot, a inni wtórowali mu dudniącym, pijackim rechotem.

– Proszę przestać – powtarzali, pokazując na mnie palcem. – Proszę przestać.

W nocy zerwał się wiatr. Nie było mi zimno, a wycie wiatru, trzeszczenie drzewa za oknem i od czasu do czasu uderzanie okiennicy nie były tak głośne, żebym z tego powodu nie mógł spać. Ale ogarniał mnie coraz większy niepokój, aż wreszcie cały zacząłem się trząść. Czułem strach nie dlatego, bym oczekiwał, że coś złego się wydarzy; odczuwałem go jako fizyczną przypadłość. Leżałem, słuchałem wiatru, z ulgą, kiedy słabł i cichł, ale i z obawą, że zerwie się na nowo; nie wiedziałem, jak następnego dnia zdołam wstać z łóżka i wrócić autostopem do domu, a potem dalej studiować i któregoś dnia objąć jakąś posadę, mieć żonę i dzieci.

Zbrodnię Hanny chciałem zrozumieć i zarazem potępić. Ale było to zbyt okropne. Kiedy próbowałem ją zrozumieć, miałem wrażenie, że nie będę już umiał potępić jej tak, jak należało. A kiedy potępiałem, tak jak należało to potępić, nie było już miejsca dla zrozumienia. Chciałem jednego i drugiego, chciałem zrozumieć Hannę, bo niezrozumienie jej oznaczało kolejną zdradę. Nie mogłem się z tym uporać. Chciałem sprostać obu: zrozumieniu i potępieniu. Ale obu naraz się nie dało.

Nazajutrz znów był cudowny letni dzień. Podróż przebiegła gładko i już po kilku godzinach znalazłem się w domu. Chodziłem po mieście tak, jakby długo mnie tu nie było; wszystko wydawało mi się obce: ulice, domy i ludzie. Ale obcy świat obozów koncentracyjnych też nie stał mi się bliższy. Wrażenia ze Struthof dołączyły do niewielu obrazów z Auschwitz, Birkenau i Bergen-Belsen, które znałem wcześniej, i zastygły we mnie wraz z nimi.

16

A jednak poszedłem do przewodniczącego sądu. Do Hanny nie byłem w stanie pójść. Nie mogłem jednak wytrzymać, żeby czegoś nie zrobić.

Dlaczego nie zdobyłem się na rozmowę z Hanną? Zostawiła mnie, zwodziła, nie była tą, którą w niej widziałem albo raczej tą, którą sobie wymyśliłem. A kim ja dla niej byłem? Chłopczykiem, który czytał jej na głos i którego wykorzystywała, małym kochankiem, którym się zabawiała? Czy mnie też posłałaby do gazu, gdyby nie mogła mnie opuścić, ale chciałaby się mnie pozbyć?

Dlaczego nie wytrzymałem, żeby czegoś nie zrobić? Powiedziałem sobie, że muszę zapobiec błędnemu wyrokowi. Muszę zadbać o to, żeby została wymierzona sprawiedliwość, niezależnie od kłamstwa Hanny, sprawiedliwość, można rzec, dla dobra Hanny i przeciwko niej. Nie chodziło mi jednak tylko o sprawiedliwość. Nie mogłem zostawić Hanny taką, jaka była albo chciała być. Musiałem coś w niej poprawić, mieć jakiś wpływ, jakkolwiek na nią podziałać, jeśli nie bezpośrednio, to choćby pośrednio.

Sędzia przewodniczący znał naszą grupę seminaryjną i chętnie zgodził się na rozmowę po kolejnym posiedzeniu. Zapukałem, wezwał mnie do środka, powitał i kazał usiąść na krześle przed sobą. Siedział za biurkiem w koszuli z podwiniętymi rękawami. Toga wisiała przerzucona przez oparcie i poręcze fotela. Musiał ją włożyć; potem usiadł, a jej końce spłynęły na podłogę. Sprawiał wrażenie odprężonego, jak mężczyzna, który wykonał swoją dniówkę i jest z siebie zadowolony. Bez grymasu irytacji, za którym okopywał się podczas rozprawy, miał miłą, inteligentną, łagodną twarz urzędnika. Wdał się w pogawędkę i pytał mnie o to i owo. Co nasza grupa myśli o procesie, co nasz profesor zamierza zrobić z protokołami, na którym semestrze jesteśmy, na którym ja jestem, dlaczego studiuję prawo i kiedy chcę zdawać egzamin. W żadnym razie nie powinienem tego odkładać na ostatnią chwilę.

Odpowiedziałem na wszystkie pytania. Potem słuchałem, gdy opowiadał mi o swoich studiach i swoich egzaminach. Zawsze postępował słusznie. We właściwym czasie i z należytym sukcesem zaliczał ćwiczenia i seminaria i zdał egzamin końcowy. Lubił być prawnikiem i sędzią i gdyby jeszcze raz miał wybierać, postąpiłby tak samo.

Okno było otwarte. Na parkingu zatrzaskiwano drzwiczki i włączano silniki. Nadsłuchiwałem odgłosów każdego samochodu, dopóki nie wchłonął ich szum ulicy. Później na parkingu bawiły się i hałasowały dzieci. Czasem całkiem wyraźnie słychać było jakieś słowa: imię, przekleństwo, nawoływanie.

Sędzia wstał i pożegnał się ze mną. Zawsze mogę przyjść, gdybym miał jakieś pytania albo potrzebował rady dotyczącej studiów. A nasza grupa powinna przekazać mu swoją opinię na temat procesu.

Szedłem przez pusty parking. Poprosiłem napotkanego starszego chłopca, żeby mi objaśnił, jak dojść na dworzec. Nasza samochodowa paczka ruszyła w drogę powrotną zaraz po zakończeniu posiedzenia, więc musiałem jechać pociągiem. Był piątkowy wieczór, ciuchcia zatrzymywała się na każdej stacji, ludzie wchodzili do wagonu i z niego wychodzili, a ja siedziałem przy oknie, otoczony coraz to innymi podróżnymi, rozmowami, zapachami. Za oknem przesuwały się domy, szosy, auta, drzewa, a w dali góry, zamki i kamieniołomy. Zauważałem każdy szczegół i niczego nie czułem. Nie byłem już urażony tym, że Hanna mnie opuściła, zwodziła i wykorzystała. Nie musiałem już niczego w niej poprawiać. Czułem, że odrętwienie, z jakim podczas rozprawy słuchałem o różnych okrucieństwach, przeniosło się również na moje uczucia i myśli ostatnich tygodni. Czy byłem z tego rad? Nie, to za dużo powiedziane. Ale czułem, że tak jest dobrze. Że umożliwia mi to powrót do codzienności i pozwala nią żyć.

17

Pod koniec czerwca ogłoszono wyrok. Hannę skazano na dożywocie. Pozostałym oskarżonym wymierzono kary czasowego pozbawienia wolności.

Sala rozpraw była pełna, tak jak na początku procesu. Poza personelem sądowym stawili się studenci mojego i miejscowego uniwersytetu, uczniowie, dziennikarze z kraju i zagranicy i ci, którzy zawsze obecni są na rozprawach. Było głośno. Kiedy wprowadzono oskarżone, z początku nikt nie zwracał na nie uwagi. Ale potem publiczność zamilkła. Jako pierwsi uciszyli się ci, którzy siedzieli z przodu, najbliżej oskarżonych. Szturchali swoich sąsiadów i odwracali się do tych, którzy zajmowali miejsca za nimi. „Popatrzcie", szeptali, a ci, którzy patrzyli, także milkli, szturchali swoich sąsiadów, odwracali się do tych z tyłu i szeptali: „Popatrzcie". I w końcu na sali sądowej zapadła cisza.

Nie wiem, czy Hanna wiedziała, jak wygląda, czy może nawet chciała tak wyglądać. Miała na sobie czarny kostium i białą bluzkę z krawatem; krój kostiumu i krawat sprawiały, że wyglądała, jakby była w mundurze. Nigdy nie widziałem munduru, jaki nosiły kobiety pracujące dla SS. Ale pomyślałem, podobnie jak inni, że mamy przed sobą ów mundur i kobietę, która pracowała w nim dla SS, która robiła wszystko to, o co oskarżono Hannę.

Publiczność znowu zaczęła szeptać. Wiele osób, wyraźnie oburzonych, uważało, że Hanna szydzi sobie z procesu, z sądu i z tych, którzy przyszli na ogłoszenie wyroku. Było coraz głośniej, część publiczności krzyczała w stronę Hanny, co o niej myśli. Póki do sali nie weszli sędziowie i przewodniczący, obrzuciwszy Hannę zirytowanym spojrzeniem, nie ogłosił wyroku. Hanna słuchała go na stojąco, wyprostowana, i ani drgnęła. Podczas odczytywania uzasadnienia usiadła. Nie odrywałem oczu od jej głowy i karku.

Odczytywanie trwało wiele godzin. Kiedy rozprawa się zakończyła i wyprowadzano oskarżone, czekałem, czy Hanna spojrzy w moim kierunku. Siedziałem tam, gdzie zawsze. Ale patrzyła gdzieś daleko przed siebie. Butnym, zranionym, zagubionym i nieskończenie zmęczonym wzrokiem. Wzrokiem, który nie chce nikogo i niczego widzieć.

Część trzecia

1

Lato po procesie spędziłem w czytelni na uniwersytecie. Przychodziłem, kiedy ją otwierano, i wychodziłem tuż przed zamknięciem. W soboty i niedziele uczyłem się w domu. Tak zachłannie, że uczucia i myśli, które proces zgłuszył, wciąż pozostawały zagłuszone. Unikałem ludzi. Wyprowadziłem się z domu i wynająłem pokój. Znajomych, którzy z rzadka zagadywali mnie w czytelni albo podczas przypadkowych wyjść do kina, zbywałem.

W semestrze zimowym wcale nie zachowywałem się inaczej. Mimo to spytano mnie, czy na święta Bożego Narodzenia nie wybrałbym się z grupą studentów na narty. Mieliśmy zamieszkać w schronisku. Sam tym zdziwiony, zgodziłem się.

Nie byłem dobrym narciarzem. Ale jeździłem chętnie i szybko i trzymałem się lepszych ode mnie. Czasami, zjeżdżając tam, gdzie właściwie nie powinienem, ryzykowałem, że upadnę i się połamię. Robiłem to świadomie. Innego ryzyka, które stale prowokowałem i które w końcu się spełniło, nie zauważałem w ogóle.

Nigdy nie było mi zimno. Kiedy inni wkładali swetry i kurtki, ja jeździłem w samej koszuli. Kręcili głowami, podkpiwali sobie ze mnie. Ich prawdziwej troski także nie brałem poważnie. Po prostu nie marzłem. Kiedy zacząłem kasłać, przypisałem to austriackim papierosom. Kiedy zacząłem gorączkować, rozkoszowałem się tym stanem. Byłem słaby i równocześnie lekki, wszystko docierało do mnie jakby przez watę, błogo zagłuszone, jakby nadmuchane. Unosiłem się w powietrzu.

Potem dostałem wysokiej gorączki i zawieziono mnie do szpitala. Kiedy go opuściłem, odrętwienie ustąpiło. Wszystkie pytania, oskarżenia, lęki, wyrzuty sumienia, całe to przerażenie i cały ból, które wywołał proces i zaraz je uśpił, znów się pojawiły. Nie wiem, jaką diagnozę stawiają medycy, kiedy ktoś, mimo że powinien, w ogóle nie czuje zimna. Natomiast moja diagnoza jest taka, że odrętwienie, by na dobre mogło mnie opuścić i bym ja mógł się go pozbyć, musiało się posłużyć moją fizycznością.

Kiedy skończyłem studia i zacząłem aplikację, nadeszło lato protestów studenckich. Interesowałem się historią i socjologią, a jako aplikant wystarczająco dużo czasu spędzałem na uniwersytecie, żeby być na bieżąco. Być na bieżąco nie znaczy brać udział; wyższe uczelnie i ich reformy były mi w końcu tak samo obojętne jak Wietkong i Amerykanie. Jeśli chodzi o trzeci i właściwy motyw owego buntu - rozliczenie się z narodowosocjalistycznej przeszłości - to miałem taki dystans do innych studentów, że nie chciało mi się z nimi agitować ani demonstrować.

Czasami myślę, że chęć rozprawienia się z przeszłością, z narodowym socjalizmem, była nie powodem, a jedynie wyrazem konfliktu pokoleń i że to w nim wyczuwało się napędową siłę studenckiej rebelii. Z oczekiwaniami rodziców, od których musi się uwalniać każda generacja, nie liczono się zupełnie, bo ci sami rodzice nie sprawdzili się w okresie Trzeciej Rzeszy lub tuż po jej upadku. Jakże mogliby mieć coś do powiedzenia swoim dzieciom ci, którzy popełnili zbrodnie narodowosocjalistyczne, nawet jeśli tylko im się przyglądali lub udawali, że ich nie widzą, i którzy po 1945 roku tolerowali w swoim gronie zbrodniarzy czy wręcz ich akceptowali. Przeszłość narodowosocjalistyczna interesowała jednakże również te dzieci, które swoim rodzicom nie mogły albo nie chciały niczego zarzucić. Dla nich rozprawienie się z tą przeszłością nie było konfliktem pokoleń, ale właściwym problemem.

Nieważne, czy z moralnego i prawnego punktu widzenia miało to lub nie miało wiele wspólnego z winą kolektywu - dla studentów mojego pokolenia było realnym doświadczeniem. I nie dotyczyło tylko tego, co wydarzyło się w Trzeciej Rzeszy. Nawet jeśli mogliśmy wskazać palcem winnych, napawało nas wstydem to, że na żydowskich grobach malowano swastyki, że tylu starych nazistów robiło kariery w administracji i na uniwersytetach, że Republika Federalna Niemiec nie uznała państwa Izrael, że emigrację i ruch oporu przedstawiano jedynie jako dopasowywanie się do życiowych okoliczności. Wskazywanie palcem nie uwalniało od wstydu. Ale przezwyciężało towarzyszące temu cierpienie. I owo bierne cierpienie zmieniało w energię, w aktywność, w agresję. Rozprawianie się z winą własnych rodziców dostarczało szczególnego ładunku energii.

Ja nie umiałem na nikogo wskazać palcem. Na moich rodziców chociażby dlatego, że nie mogłem im niczego zarzucić. Oświeceniowy zapał, z jakim swego czasu, uczestnicząc w seminarium na temat obozów koncentracyjnych, skazywałem mojego ojca na wstyd, już mi przeszedł; wstydziłem się tego. Bo gdyby to, co inni z mojego otoczenia robili, za co ponosili winę, gdyby to wszystko zsumować, i tak byłoby to o wiele mniej złe niż to, co robiła Hanna. Musiałbym więc wskazać palcem na Hannę. Ale wskazywanie na Hannę oznaczało wskazywanie na siebie. Kochałem ją. Nie tylko kochałem, ale i wybrałem. Starałem się powtarzać sobie, że wtedy, gdy ją wybierałem, o niczym, co zrobiła, nie wiedziałem. Próbowałem więc osiągnąć stan tej samej niewinności, z jaką dzieci kochają swoich rodziców. Ale miłość do rodziców jest jedyną miłością, za którą człowiek nie odpowiada.

Chociaż może nawet i za tę miłość jest się odpowiedzialnym. Zazdrościłem wtedy innym, że odsunęli się od swoich rodziców i tym samym od całej tej generacji sprawców, obserwatorów niczego niewidzących, tolerujących i akceptujących, i że dzięki temu przezwyciężyli jeśli nie wstyd, to przynajmniej cierpienie z powodu wstydu. Skąd jednak brał się u nich ów bezczelny brak samokrytyki, z którym tak często się spotykałem? Jak można było odczuwać winę i wstyd i jednocześnie być bezkrytycznym wobec samego siebie?

Czy odwracanie się od rodziców było tylko retoryką, szumem, hałasem, które miały zagłuszyć fakt, że wraz z miłością do matki i ojca człowiek nieodwołalnie wikła się w ich winy?

To są późniejsze przemyślenia. Ale wtedy też nie były mi żadnym pocieszeniem. Bo jakim pocieszeniem mogło być to, że cierpiąc z powodu miłości do Hanny, w jakimś sensie dzieliłem los mojego pokolenia, niemiecki los, któremu tylko gorzej niż inni się oparłem, gorzej się z nim uporałem. A jednak dobrze by mi wtedy zrobiło, gdybym miał poczucie przynależności do mojego pokolenia.

2

Ożeniłem się podczas aplikatury. Gertruda i ja poznaliśmy się w tamtym schronisku w górach. I kiedy inni pod koniec ferii wrócili do domu, została, by zaczekać, aż wypiszą mnie ze szpitala. Ona także była prawniczką; razem studiowaliśmy, razem zdawaliśmy egzamin i razem poszliśmy na aplikację. Pobraliśmy się, kiedy Gertruda oczekiwała dziecka.

Nie opowiedziałem jej o Hannie. Kto chce słuchać o wcześniejszych związkach partnera, jeśli nie jest spełnieniem jego marzeń? Gertruda była mądra, dzielna i lojalna i gdybyśmy wiedli życie w wiejskiej zagrodzie z wieloma parobkami, dziewkami, dużą liczbą dzieci i mnóstwem obowiązków, bez czasu tylko dla siebie, byłoby ono spełnione i szczęśliwe. Ale nasze życiem toczyło się w trzypokojowym mieszkaniu w nowym budynku na przedmieściach, wokół naszej córki Julii oraz Gertrudy i mojej aplikacji. Nigdy nie mogłem przestać porównywać mojego życia z Gertrudą do dni, kiedy byłem z Hanną, i kiedy Gertruda i ja trzymaliśmy się w ramionach, ciągle miałem wrażenie, że coś jest nie tak, że z nią jest nie tak, że nie tak się jej dotyka, nie tak się ją czuje, że inaczej pachnie, ma inny smak. Myślałem, że to minie. Miałem nadzieję, że minie. Chciałem uwolnić się od Hanny. Ale wrażenie, że coś jest nie tak, nigdy nie minęło.

Kiedy Julia miała pięć lat, rozwiedliśmy się. Nie mogliśmy już dłużej być ze sobą; rozstaliśmy się bez goryczy i pozostaliśmy wobec siebie lojalni. Męczyło mnie to, że odebraliśmy Julii poczucie bezpieczeństwa, którego wyraźnie oczekiwała. Kiedy Gertruda i ja byliśmy z sobą blisko i kiedy nas cieszyło, że jesteśmy razem, Julia czuła się jak ryba w wodzie. Była w swoim żywiole. Kiedy zauważała napięcia między nami, biegała od jednego do drugiego i zapewniała, że oboje jesteśmy kochani i że nas kocha. Życzyła sobie braciszka i chyba też ucieszyłaby się z większej liczby rodzeństwa. Długo nie pojmowała, co oznacza rozwód, i kiedy przychodziłem ją odwiedzić, chciała, żebym został, a kiedy to ona mnie odwiedzała, pragnęła żeby Gertruda też z nią przychodziła. Kiedy wychodziłem i widziałem ją w oknie, i pod jej smutnym spojrzeniem wsiadałem do samochodu, pękało mi serce. Czułem, że to, czego jej odmówiliśmy, było nie tylko jej życzeniem, ale jej niezbywalnym prawem. Rozwodząc się, oszukaliśmy ją co do jej praw, i fakt, że zrobiliśmy to oboje, wcale nie sprawił, że wina była o połowę mniejsza.

Moje późniejsze związki próbowałem lepiej zaczynać i kończyć. Przyznałem się sam przed sobą, że kobieta, której dotknę, którą obejmę, musi być trochę podobna do Hanny, musi trochę podobnie pachnieć i smakować, żeby nasz związek miał sens. I opowiadałem im o Hannie. Innym kobietom opowiedziałem o sobie więcej niż wyznałem Gertrudzie; same musiały dopowiedzieć sobie resztę, jeśli coś w moim zachowaniu i nastrojach wydało im się dziwne. Ale nie chciały usłyszeć za dużo. Pamiętam Helen, amerykańską badaczkę literatury, i to, że gdy jej opowiadałem, bez słowa gładziła mnie uspokajająco po plecach i tak samo pocieszająco głaskała dalej, kiedy skończyłem mówić. Gesina, psychoanalityczka, uważała, że muszę przetrawić swój stosunek do matki. Czy nie zwróciłem uwagi na to, że moja matka prawie wcale nie występuje w tej historii? Hilke, dentystka, ciągle wypytywała mnie o przeszłość, ale zaraz zapominała, co jej powiedziałem. Tak więc przestałem opowiadać. A ponieważ prawdę o tym, o czym się opowiada, potwierdza to, co się robi, można darować sobie mówienie.

3

Kiedy przygotowywałem się do drugiego egzaminu, zmarł profesor, który prowadził seminarium na temat obozów koncentracyjnych. Gertruda natknęła się w gazecie na nekrolog. Pogrzeb miał się odbyć na cmentarzu Górskim. Czy nie chcę pójść?

Nie chciałem. Pogrzeb był w czwartek po południu, a w czwartek i piątek po południu musiałem pisać klauzurę. A poza tym nie byliśmy sobie, profesor i ja, szczególnie bliscy. I nie lubiłem pogrzebów. I nie chciałem, żeby przypomniano mi o procesie.

Ale już było za późno. Wspomnienie odżyło i kiedy w czwartek wróciłem z egzaminu, poczułem się tak, jakby umówiono mnie z przeszłością, a ja nie mógłbym tego spotkania opuścić.

Pojechałem, czego nigdy nie robię, tramwajem. Już to było spotkaniem z przeszłością, podobnie jak powrót do miejsca, które dobrze się znało, a które zmieniło swoje oblicze. Kiedy Hanna pracowała, tramwaj składał się z dwóch lub trzech wagonów, każdy miał platformę na początku i końcu, przy platformach stopnie, gdzie można było jeszcze wskoczyć, kiedy tramwaj już odjeżdżał, i biegnący przez cały skład sznur, którym konduktor dawał sygnał do odjazdu. W lecie tramwaje jeździły z otwartymi platformami. Konduktor sprzedawał, dziurkował i sprawdzał bilety, wywoływał nazwy stacji, sygnalizował odjazdy, miał oko na dzieci tłoczące się na platformach, złorzeczył pasażerom wskakującym i wyskakującym w biegu i zagradzał drogę, jeśli wagon był pełny. Konduktorzy bywali weseli, żartobliwi albo poważni, ponurzy lub gburowaci i od tego, jaki mieli temperament czy humor, zależała atmosfera w wagonie. Jakże głupio zrobiłem, że po niefortunnej próbie niespodzianki, jaką okazała się jazda do Schwetzingen, nie podjąłem następnych prób i nie widziałem Hanny w roli konduktorki.

Wsiadłem do wagonu bez konduktora i pojechałem na cmentarz. Był zimny jesienny dzień z bezchmurnym zamglonym niebem i żółtym słońcem, które już nie grzeje i na które można bezboleśnie patrzeć gołym okiem. Musiałem dłuższą chwilę szukać, zanim znalazłem grób, przy którym odbywały się uroczystości pogrzebowe. Szedłem pod wysokimi gołymi drzewami, między rzędami starych grobowców. Po drodze spotkałem tylko strażnika cmentarnego i starą kobietę z konewką i sekatorem. Było całkiem cicho i już z daleka posłyszałem pieśń kościelną, którą śpiewano przy grobie profesora.

Stanąłem z boku i obserwowałem małą grupę żałobników. Niektórzy z nich sprawiali wrażenie ewidentnych dziwaków i oryginałów. Z przemówień o życiu i dziele profesora można było wywnioskować, że stronił on od konwenansów towarzyskich i stracił przez to wszelkie kontakty, żył samotnie, zdziwaczał.

Rozpoznałem jednego z dawnych uczestników seminarium na temat obozów; zdał egzamin przede mną, najpierw pracował jako adwokat, potem zaczął przesiadywać w knajpach. Przyszedł w długim rudym płaszczu. Zaczepił mnie, kiedy było już po wszystkim i kiedy zmierzałem do bramy cmentarza.

– Chodziliśmy razem na seminarium, pamiętasz?

– Oczywiście.

Podaliśmy sobie ręce.

– Ja jeździłem na proces w środy i czasem podwoziłem cię samochodem. – Roześmiał się. – Ty byłeś tam codziennie, każdego dnia i każdego tygodnia. Powiesz teraz dlaczego?

Przyglądał mi się dobrodusznie i w napięciu, a ja przypomniałem sobie, że już podczas seminarium zwróciłem uwagę na ten wzrok.

– Bo ta rozprawa szczególnie mnie interesowała.

– Bo ciebie ta rozprawa szczególnie interesowała? – Znowu się roześmiał. – Rozprawa czy oskarżona, na którą zawsze się gapiłeś? Ta, która była jeszcze całkiem, całkiem? Zastanawialiśmy się wszyscy, co jest między tobą a nią, ale nikt się nie odważył zapytać cię o to. Wtedy byliśmy strasznie delikatni i taktowni. Pamiętasz jeszcze...

I przypomniał mi innego uczestnika seminarium, który jąkał się czy też seplenił i dużo, i głupio mówił, a my słuchaliśmy go tak, jakby jego słowa były ze szczerego złota. Zaczął opowiadać o innych studentach, jacy byli wtedy i co robią dzisiaj. Opowiadał i opowiadał. Wiedziałem jednak, że na koniec znowu mnie spyta: „No więc? Powiesz teraz, co łączyło cię z oskarżoną?". I że nie będę wiedział, co odpowiedzieć, jak zaprzeczyć, jak się przyznać, jak się z tego wykręcić.

Doszliśmy do bramy cmentarza i wtedy zapytał.

Na przystanek właśnie podjeżdżał tramwaj, więc krzyknąłem „cześć" i popędziłem przed siebie, tak jakbym nadal mógł wskoczyć na stopnie platformy, biegłem obok wagonu i waliłem dłonią w drzwi i wówczas zdarzyło się coś, w co nie wierzyłem i na co wcale nie miałem nadziei. Tramwaj stanął, drzwi się otworzyły, a ja wsiadłem do środka.

4

Po aplikacji musiałem zdecydować, jaki obrać zawód. Dałem sobie na to trochę czasu; Gertruda od razu zaczęła pracować jako sędzia, miała mnóstwo obowiązków, więc byliśmy radzi, że mogę zostać w domu i zająć się Julią. Kiedy Gertruda pokonała trudności związane z rozpoczęciem pracy, a Julia poszła do przedszkola, sprawa decyzji stała się pilna.

Nie było to łatwe. Nie widziałem siebie w żadnej z ról, w których obserwowałem prawników podczas procesu Hanny. Oskarżanie wydawało mi się tak samo groteskowym uproszczeniem problemu jak obrona, a sądzenie było pośród tych uproszczeń najbardziej groteskowe. Nie umiałem także dostrzec w sobie urzędnika; jako aplikant pracowałem w starostwie i wszystko - pokoje, korytarze, zapach, ludzie - wydawało mi się tam szare, sterylne i smętne.

Nie pozostawało już zbyt wielu zawodów prawniczych i nie wiem, co bym zrobił, gdyby pewien profesor historii prawa nie zaproponował mi, żebym u niego pracował. Gertruda powiedziała, że to ucieczka, ucieczka przed wyzwaniem i życiową odpowiedzialnością, i miała rację. Uciekałem i czułem ulgę, że mogę uciekać. To nie na zawsze, powiedziałem jej i sobie, przecież jestem dostatecznie młody, żeby po paru latach zajmowania się historią prawa wybrać jakiś konkretny zawód prawniczy. Ale to było na zawsze; po pierwszej ucieczce nastąpiła kolejna, kiedy zamieniłem uniwersytet na instytut badawczy, gdzie szukałem swojej niszy i ją znalazłem, gdzie mogłem oddać się swoim historycznoprawnym zainteresowaniom, nikogo nie potrzebując i nikomu nie przeszkadzając.

Tak więc nie musiałem już uciekać; ucieczka przyszła sama. Przeszłość, w której się pojawiłem jako historyk prawa, była nie mniej żywotna niż teraźniejszość. Nie jest też tak, jak osoba postronna mogłaby zakładać, że minioną pełnię życia można tylko wtedy zauważyć, jeśli bierze się udział w teraźniejszej. Zajmować się historią znaczy przerzucać mosty pomiędzy teraźniejszością i przeszłością, obserwować oba brzegi i być czynnym na nich obu. Jednym z moich obszarów badawczych stało się prawo w Trzeciej Rzeszy, a zwłaszcza tu da się zauważyć, jak przeszłość i teraźniejszość zrastają się w jedną rzeczywistość. Ucieczką nie jest bowiem zajmowanie się przeszłością, tylko zdecydowane skupienie się na teraźniejszości i przyszłości, ślepej na schedę przeszłości, którą przecież jesteśmy napiętnowani i z którą musimy żyć.

Nie chcę też ukrywać satysfakcji, jaką zawdzięczam zanurzaniu się w przeszłość, która dla teraźniejszości nie ma już dużego znaczenia. Po raz pierwszy odczułem je, kiedy pracowałem nad prawami i projektami ustaw w Oświeceniu. Wyniosła je wiara w to, że na świecie zaczęło się dobrze układać i że dzięki temu można nadać światu prawdziwy ład. Uszczęśliwiało mnie, kiedy obserwowałem, jak z tej wiary, niczym dumni wartownicy nowego porządku, powstawały paragrafy i jak dodawano je do praw, które chciały być piękne i tym pięknem miały dowodzić swojej prawdy. Długo sądziłem, że pomimo okropnych ciosów i kroków wstecznych w historii prawa istnieje postęp, dążenie do piękna, prawdy, racjonalności i humanizmu. Odkąd jednak wiem, że wiara ta jest chimeryczna, stawiam na inny bieg historii prawa. Zmierza wprawdzie do celu, ale ów cel, do którego po wielu wstrząsach, zamętach i zaślepieniach dochodzi, jest początkiem, z którego wyszedł i z którego, ledwie tam dotarł, na nowo musi wyruszyć.

Czytałem wtedy *Odyseję*; po raz pierwszy przeczytałem ją w szkole i zachowałem w pamięci jako historię powrotu do domu. Jakże

Grecy, którzy wiedzą, że nie można dwa razy wejść do tej samej rzeki, mieliby wierzyć w powrót do domu? Odyseusz nie wraca, by pozostać, lecz by znowu ruszyć w drogę. *Odyseja* to historia ciągłego ruchu, który jest zarazem celowy i bezcelowy, udany i daremny. Czymże innym jest historia prawa!

5

Zacząłem od *Odysei*. Czytałem ją po rozstaniu z Gertrudą. Przez wiele nocy spałem tylko po kilka godzin; nie mogłem zasnąć, ale kiedy zapalałem światło i brałem do ręki książkę, opadały mi powieki, a kiedy odkładałem książkę i wyłączałem światło, znowu nie udawało mi się zasnąć. Tak więc czytałem na głos. Wtedy powieki mi nie opadały. I ponieważ w chaotycznych, przesiąkniętych wspomnieniami i marzeniami, drążących bolesne koła, na wpół sennych rozmyślaniach o moim małżeństwie, mojej córce i moim życiu co chwila pojawiała się Hanna, czytałem dla Hanny. Czytałem dla niej i nagrywałem to na magnetofonie.

Zanim wysłałem kasety, upłynęło wiele miesięcy. Najpierw nie chciałem przesyłać fragmentów i czekałem, aż nagram całą *Odyseję*. Potem nie byłem pewny, czy Hannie *Odyseja* wyda się dostatecznie interesująca, i nagrałem to, co czytałem później: opowiadania Schnitzlera i Czechowa. A potem długo nie mogłem zdobyć się na telefon do sądu, w którym skazano Hannę, by dowiedzieć się, gdzie odsiaduje wyrok. W końcu miałem w garści wszystko: adres Hanny w więzieniu nieopodal miasta, gdzie odbywał się proces i gdzie została skazana, i magnetofon, i oznakowane kasety od Czechowa przez Schnitzlera po Homera. I w końcu wysłałem paczkę z magnetofonem i kasetami.

Niedawno znalazłem zeszyt, w którym zapisywałem, co przez te lata udało mi się nagrać dla Hanny. Pierwsze dwanaście tytułów najwyraźniej notowałem na bieżąco; chyba najpierw spontanicznie zacząłem czytać, a potem zauważyłem, że bez notatek nie zorientuję się, co już przeczytałem. Przy następnych tytułach czasem widniała data, czasem nie, ale i bez tych danych wiem, że pierwszą paczkę wysłałem w ósmym, a ostatnią w osiemnastym roku po aresztowaniu Hanny. W osiemnastym przychylono się do jej prośby o ułaskawienie.

Na ogół czytałem Hannie to, co sam właśnie chciałem przeczytać. Z początku niełatwo przychodziło mi podczas głośnego czytania *Odysei* skoncentrować się tak jak wtedy, kiedy czytałem sobie po cichu. Potem to ustąpiło. Czytanie na głos miało tę wadę, że dłużej trwało. Ale dzięki temu to, co się tak przeczytało, dłużej tkwiło w pamięci. Do dziś pamiętam niektóre fragmenty bardzo wyraźnie.

Nagrywałem to, co sam już znałem i lubiłem. Tak więc Hanna miała do odsłuchania dużo Kellera, Fontanego, Heinego i Mörikego. Długo nie mogłem zebrać się na odwagę, żeby czytać jej wiersze, ale potem sprawiało mi to przyjemność i wielu przeczytanych wierszy nauczyłem się na pamięć. Jeszcze dzisiaj mogę je wyrecytować.

Wszystkie zapisane w zeszycie tytuły wskazują na ufność w solidne mieszczańskie wykształcenie. Nie pamiętam też, żebym kiedykolwiek zadawał sobie pytanie, czy powinienem wyjść poza Kafkę, Frischa, Johnsona, Bachmann i Lenza i czytać jej coś z literatury eksperymentalnej, w której nie dostrzegam historii i nie lubię żadnej z postaci.

Było to dla mnie samo przez się zrozumiałe, że literatura eksperymentalna eksperymentuje na czytelniku, a tego ani Hanna, ani ja nie potrzebowaliśmy.

Kiedy sam zacząłem pisać, czytałem jej swój tekst. Nagrany manuskrypt przepisywałem na maszynie, potem to poprawiałem, aż wreszcie miałem poczucie, że już jest dobrze. Czytając na głos, sprawdzałem, czy to wrażenie jest słuszne. Jeśli nie, mogłem wszystko zmienić i na tę samą kasetę nagrać nowy tekst. Ale nie lubiłem tego robić. Chciałem zakończyć pracę wraz z czytaniem. Hanna stała się instancją, dla której na nowo zbierałem w sobie wszystkie siły, całą kreatywność, uruchamiałem całą samokrytyczną wyobraźnię. Potem mogłem już wysłać maszynopis do wydawcy.

Nie poruszałem spraw prywatnych, o nic Hanny nie pytałem, nie opowiadałem o sobie. Czytałem tytuł, nazwisko autora i tekst. Kiedy tekst się skończył, odczekiwałem chwilę, zamykałem książkę i wciskałem odpowiedni klawisz.

6

W czwartym roku naszego bogatego w słowa, ale jednostronnego kontaktu nadszedł krótki list.

Chłopczyku, ostatnia historia była szczególnie piękna. Dziękuję. Hanna.

Kartka wyrwana z zeszytu w linie była równo przycięta. Tekst, umieszczony na samej górze i wypełniający trzy linijki, napisano niebieskim, rozmazującym się długopisem. Hanna prowadziła go z takim naciskiem, że litery odbiły się na odwrocie kartki. Adres też wypisała tak ostro; odcisnął się całkiem czytelnie na dolnej i górnej połowie złożonego na pół papieru.

Na pierwszy rzut oka przypominało to pismo dziecka. Ale to, co u dzieci wypada niezdarnie i niewprawnie, tu było zamaszyste. Widziałem, jaki opór musiała pokonać, żeby przerobić kreski na litery, a litery połączyć w słowa. Ręka dziecka ma co jakiś czas skłonność do wyjeżdżania poza linie i trzeba ją przytrzymywać w trakcie pisania. Ręka Hanny w ogóle nie chciała stawiać kresek i trzeba ją było do tego przymuszać. Linie, z których formowała litery i które zmierzały do góry albo na dół, przy każdym łuku, każdej pętelce zaczynały się od nowa. Każda litera była wynikiem podejmowanej od nowa walki, inaczej trzymała się pionu lub miała własny kąt nachylenia, często też nieodpowiednią wysokość i szerokość. Czytałem je i przepełniała mnie wielka radość. Hanna pisze, Hanna pisze! Przez te wszystkie lata, ilekroć udało mi się znaleźć coś na temat analfabetyzmu, od razu to czytałem. Dowiadywałem się o bezradności podczas wykonywania codziennych zadań, szukania drogi, adresu, wybierania potrawy w restauracji, o lękliwości, z jaką analfabeta podąża za ustalonymi wzorcami i bezpieczną rutyną, o energii, której wymaga skrywanie nieumiejętności czytania i pisania i która odwraca uwagę od tego, co w życiu ważne. Analfabetyzm oznacza niedojrzałość. Hanna, podejmując odważną decyzję, że nauczy się czytać i pisać, zrobiła krok z niedojrzałości w pełnoletność. I zrobiła to świadomie.

Przyglądałem się pismu Hanny i widziałem, ile wysiłku i walki ją to kosztowało. Byłem z niej dumny. Jednocześnie, kiedy o niej myślałem, ogarniał mnie smutek, że tak późno i tak źle zaczynała życie. Byłem smutny z powodu spóźnień i błędów w życiu tak w ogóle. Myślałem, że jeśli przegapi się właściwy czas, jeśli za długo się samemu przed czymś wzbrania, jeśli za długo się czegoś komuś odmawia, potem przychodzi to zawsze za późno, nawet jeśli próba kosztowała dużo wysiłku i przyjęto ją z radością. A może „za późno" w ogóle nie istnieje, może jest tylko „późno", a „późno" jest o wiele lepsze niż „nigdy"? Nie wiem.

Po pierwszym liście regularnie przychodziły następne. Zawsze było to kilka linijek: podziękowanie, prośba o jeszcze więcej tego autora lub informacje, że już go wystarczy, uwagi o którymś z autorów albo o wierszu, jakiejś historii lub postaci z powieści, obserwacje z więzienia. „Na podwórzu kwitną już forsycje" albo „Lubię to, że tego lata jest tyle burz" lub „Z okna widzę, jak ptaki zbierają się do lotu na południe"; często dopiero dzięki listom Hanny dostrzegałem forsycje, letnie burze, klucz ptaków. Jej uwagi na temat literatury okazywały się zadziwiająco trafne. „Schnitzler szczeka, Stefan Zweig jest jak zbity pies" albo „Keller potrzebuje kobiety" lub „Wiersze Goethego są jak obrazki w pięknych ramach" czy też „Lenz na pewno pisze na maszynie". Ponieważ nie wiedziała nic o autorach, zakładała, że są jej współcześni, o ile nie dało się tego jednoznacznie wykluczyć. Byłem zdumiony, jak dużą część starszej literatury można by rzeczywiście odczytać tak, jakby powstała dziś, i że ktoś, kto nie wie nic o historii, mógłby w opisach dawnych czasów zobaczyć po prostu obraz dalekich krajów.

Nigdy nie napisałem do Hanny. Ale nadal jej czytałem. Kiedy przebywałem rok w Ameryce, stamtąd wysyłałem kasety. Jeśli wyjeżdżałem na urlop albo miałem szczególnie dużo pracy, przygotowanie nagrania trwało dłużej. Nie robiłem tego regularnie; czasami wysyłałem kasety raz w tygodniu, czasami raz na czternaście dni, a niekiedy dopiero po trzech, czterech tygodniach. Tym, że Hanna, skoro nauczyła się czytać, może nie potrzebować już moich kaset, nie bardzo się przejmowałem. Mogła też czytać inne książki. Czytanie na głos było moim sposobem mówienia do niej, rozmawiania z nią.

Zachowałem wszystkie jej listy. Pismo zmienia się. Z początku Hanna stara się pochylać litery pod tym samym kątem i nadać im prawidłową wysokość i szerokość. Kiedy to osiąga, idzie jej już łatwiej, nabiera wprawy. Nigdy jednak nie osiąga płynności. Ale jej pismo zyskuje coś w rodzaju surowego piękna, właściwego starym ludziom, którzy mało w swoim życiu pisali.

7

Nie myślałem wtedy o tym, że Hanna pewnego dnia może opuścić więzienie. Wymiana krótkich listów i kaset zdawała się czymś tak normalnym i zdążyłem się do niej tak przyzwyczaić, a Hanna w ten prosty sposób była blisko i jednocześnie daleko, że nie miałbym nic przeciwko temu, by ten stan ciągnął się w nieskończoność. Było to egoistyczne i wygodne, wiem o tym.

Wtedy nadszedł list od naczelniczki więzienia.

> Pani Schmitz od lat prowadzi z panem korespondencję. Jest to jedyny kontakt poza więzieniem, jaki nawiązała, tak więc zwracam się teraz do pana, chociaż nie wiem, jak bardzo jest pan z nią związany i czy jest pan jej krewnym, czy przyjacielem.
>
> W przyszłym roku pani Schmitz ponownie złoży wniosek o darowanie kary i zakładam, że tym razem komisja do spraw ułaskawień wyrazi zgodę. Wkrótce potem zostanie zwolniona, po osiemnastu latach pobytu w areszcie. Możemy oczywiście załatwić jej mieszkanie i pracę, względnie spróbować załatwić; z pracą w jej wieku będzie ciężko, mimo że jest jeszcze zupełnie zdrowa i w naszej szwalni wykazuje się wielką zręcznością. Ale byłoby lepiej, żebyśmy nie robili tego my, tylko żeby zajęli się tym krewni i przyjaciele zwolnionej osoby oraz żeby potem mieli z nią bliski kontakt, towarzyszyli jej i ją wspierali. Nie wyobraża pan sobie, jak samotny i bezradny może być człowiek po osiemnastu latach więzienia.

Pani Schmitz potrafi sobie dość dobrze radzić, jest samodzielna. Wystarczyłoby, gdyby znalazł jej pan małe mieszkanie i pracę, mógł ją podczas pierwszych tygodni i miesięcy odwiedzać, zapraszać do siebie i dopilnować, żeby zapoznała się z ofertami gminy kościelnej, uniwersytetu ludowego, wydziału pomocy rodzinie itp. Poza tym niełatwo jest po osiemnastu latach wyjść pierwszy raz do miasta, na zakupy, załatwić coś w urzędzie, pójść do restauracji. W towarzystwie robi się to łatwiej.

Zauważyłam, że nie odwiedza pan pani Schmitz. Gdyby pan to robił, nie pisałabym do pana, tylko przy okazji pańskiej wizyty poprosiłabym o rozmowę. No, ale teraz nie da się tego inaczej rozwiązać, więc powinien ją pan odwiedzić przed jej zwolnieniem. Proszę wtedy zajrzeć i do mnie.

List kończył się serdecznymi pozdrowieniami, które, jak przypuszczałem, wynikały głównie z tego, że naczelniczce ta sprawa bardzo leżała na sercu. Słyszałem już o niej; jej zakład uważany był za nadzwyczajny, a jej głos w sprawach reformy odbywania kary miał swoją wagę. Podobał mi się ten list.

Ale nie podobało mi się to, co mnie czekało. Naturalnie, musiałem zatroszczyć się o pracę i mieszkanie, i to zrobiłem. Moi przyjaciele mieli w swoim domu dodatkowe małe mieszkanie, którego ani nie używali, ani nie wynajmowali, i byli gotowi odstąpić je Hannie za niewielki czynsz. Grecki krawiec, któremu czasem oddawałem ubrania do poprawki, chciał ją zatrudnić; jego siostra, razem z nim prowadząca zakład, wracała do Grecji. I na długo przed tym, zanim Hanna mogłaby się do tego zabrać, zająłem się sprawdzeniem ubezpieczeń socjalnych, a także ofert kształcenia w kościelnych i świeckich instytucjach. Ale wizytę u Hanny odsuwałem od siebie jak najdalej.

Hanna była mi zarówno bliska, jak i daleka i właśnie dlatego nie chciałem jej odwiedzić. Czułem, że tym, kim dla mnie była, może być tylko w realnym oddaleniu. Bałem się, że mały, nieskomplikowany, bezpieczny świat listów i kaset okaże się zbyt sztuczny i zbyt kruchy, by mógł wytrzymać realną bliskość. Jak mielibyśmy spotkać się twarzą w twarz, żeby znowu nie wybuchło między nami wszystko to, co już się wydarzyło.

Minął rok, a ja wciąż nie pojawiłem się w więzieniu. Od naczelniczki długo nie miałem żadnych wieści; list, w którym opisałem sprawę mieszkania i pracy czekających na Hannę, pozostał bez odpowiedzi. Liczyła pewnie na to, że porozmawia ze mną podczas moich odwiedzin u Hanny. Nie mogła wiedzieć, że nie tylko odkładam tę wizytę, ale że wręcz się od niej wymiguję. W końcu jednak zapadła decyzja, że Hanna zostanie ułaskawiona i zwolniona, i wtedy naczelniczka zadzwoniła do mnie. Czy teraz mógłbym przyjechać? Hanna wyjdzie za tydzień.

8

Następnej niedzieli ją odwiedziłem. Pierwszy raz przekraczałem bramę więzienia. Skontrolowano mnie przy wejściu, a po drodze otwierano i zamykano wiele drzwi. Budynek był nowy i jasny, a drzwi w środku pootwierane, tak by można się swobodnie poruszać. Drzwi na końcu korytarza wychodziły na zewnątrz, a na trawniku, na którym rosły drzewa i stały ławki, panował gwar. Rozejrzałem się wokół pytającym wzrokiem. Strażniczka, która mnie prowadziła, wskazała małą ławkę w cieniu kasztana.

Hanna? Kobietą na ławce była Hanna? Siwe włosy, twarz z głębokimi pionowymi bruzdami na czole, policzkach i wokół ust i ociężałe ciało. Miała na sobie za ciasną, opiętą na piersiach, brzuchu i udach niebieską sukienkę. Jej ręce leżały na podołku i trzymały książkę. Nie czytała. Znad wąskich okularów przyglądała się kobiecie, która kilku wróblom rzucała jeden po drugim okruchy chleba. Nagle zauważyła, że jest obserwowana, i zwróciła twarz w moją stronę.

Dostrzegłem oczekiwanie wypisane na jej twarzy, widziałem, jak rozjaśniła się radością, kiedy mnie poznała, widziałem, jak jej oczy przyglądają się badawczo mojej twarzy, kiedy podchodziłem bliżej, widziałem, jak szukają, pytają, jak tracą pewność i wydają się zawiedzione, i widziałem, jak gasną. Kiedy znalazłem się przy niej, posłała mi uprzejmy, zmęczony uśmiech.

– Ale wydoroślałeś, chłopczyku.

Usiadłem obok niej, a ona wzięła mnie za rękę.

Niegdyś szalenie lubiłem jej zapach. Zawsze pachniała czymś świeżym: świeżą bielizną, świeżym potem albo świeżą miłością. Czasami używała perfum, nie wiem jakich, ale ich zapach także był świeższy niż wszystko inne. Pod tym świeżym krył się jeszcze inny, ciężki, mroczny i gorzki zapach. Często obwąchiwałem ją niczym ciekawskie zwierzę. Zaczynałem od szyi i łopatek, pachnących po świeżej kąpieli, między piersiami wdychałem świeży zapach potu, który pod pachami mieszał się z inną wonią; ciężki, mroczny zapach wokół pasa i brzucha uważałem za czystą esencję, a zapach między nogami zabarwiony był owocową nutą, która mnie podniecała; obwąchiwałem także jej nogi, stopy i uda, na których gubił się ów ciężki zapach, i wgłębienia pod kolanami, znów pachnące świeżym potem, i stopy, z zapachem mydła, skórzanego obuwia lub zmęczenia. Plecy oraz ramiona nie miały szczególnego zapachu, niczym nie pachniały, a mimo to pachniały nią; w dłoniach krył się zapach dnia i pracy: farby drukarskiej z biletów, metalowego dziurkacza, cebuli, ryby albo tłuszczu z pieczeni, mydlin lub prasowanej bielizny. Umyte, początkowo nie zdradzały żadnej z tych rzeczy. Ale mydło tylko tłumiło zapachy, które po chwili ujawniały się znowu, słabiej, stopione w jeden jedyny zapach dnia pracy i jego końca, wieczoru, powrotu do domu i samego domu.

Siedziałem obok Hanny i czułem zapach starej kobiety. Nie wiem, na czym polega ten zapach; znam go od babć i starych ciotek, niczym przekleństwo wisi w domach starców, w pokojach i na korytarzach. Hanna była na to za młoda.

Przysunąłem się bliżej. Zauważyłem, że na początku ją rozczarowałem i teraz chciałem się poprawić, jakoś to zatuszować.

– Cieszę się, że wychodzisz.

– Tak?

– I cieszę się, że będziesz blisko.

Opowiedziałem jej o mieszkaniu i pracy, które dla niej znalazłem, o kulturalnych i socjalnych propozycjach dzielnicy, o bibliotece miejskiej.

– Dużo czytasz?

– Może być. Wolę, jak ktoś mi czyta. – Popatrzyła na mnie – Ale to się już skończyło, prawda?

– Dlaczego miałoby się skończyć?

Nie wyobrażałem sobie jednak, żebym nadal miał nagrywać dla niej kasety albo spotykać się z nią i czytać jej na głos.

– Tak się ucieszyłem i podziwiałem cię za to, że nauczyłaś się czytać. A jakie piękne listy mi pisałaś!

To prawda; podziwiałem ją i cieszyłem się, że czytała i że do mnie pisała. Ale czułem, jak niewielkie w porównaniu z tym, ile musiała ją kosztować ta nauka czytania i pisania, są mój podziw i moja radość, jak skąpe musiały być, skoro ani razu nie popchnęły mnie do tego, żeby jej odpowiedzieć, odwiedzić ją, porozmawiać. Przydzieliłem Hannie małą niszę, prawdziwą niszę, przyznałem, że była dla mnie ważna, coś mi dawała, a ja coś dla niej robiłem, ale nie znalazłem dla niej miejsca w moim życiu.

Ale dlaczego miałbym przyznawać jej miejsce w moim życiu? Oburzyły mnie wyrzuty sumienia, które odczuwałem na myśl o tym, że ograniczyłem ją tylko do owej niszy.

– Czy przed procesem nigdy nie zastanawiałaś się nad tym wszystkim, co później, w jego trakcie, wyszło na jaw? Chodzi mi o to, czy nigdy o tym nie myślałaś, kiedy byliśmy razem, kiedy czytałem ci na głos?

– Bardzo cię to zajmuje? – spytała. Ale nie czekała na odpowiedź. – Zawsze czułam, że i tak nikt mnie nie zrozumie, że nikt nie wie, kim jestem, jak się tam znalazłam i dlaczego. I wiesz co? Jeśli nikt cię nie rozumie, to nikt nie może żądać od ciebie rachunku sumienia. Ale zmarli mogą. Oni to rozumieją. I wcale nie musieli przy tym być, ale jeśli byli, rozumieją to bardzo dobrze. Tu, w więzieniu, wciąż do mnie przychodzili. Co noc, czy chciałam tego, czy nie. Przed procesem mogłam ich jeszcze przepłoszyć, kiedy chcieli się pojawić.

Czekała, czy coś powiem, ale nic nie przychodziło mi do głowy. Czy mam jej powiedzieć, że ja niczego nie mogę przepłoszyć? Z początku miałem nawet taki zamiar. Ale to nieprawda, bo można jednak kogoś przepłoszyć, wstawiając go do odpowiedniej niszy.

– Jesteś żonaty?

– Byłem. Gertruda i ja rozwiedliśmy się wiele lat temu, a nasza córka mieszka w internacie; mam nadzieję, że nie będzie chciała zostać tam do końca szkoły i że się do mnie wprowadzi.

Teraz ja czekałem, czy ona coś powie, o coś zapyta. Ale milczała.

– Odbieram cię w przyszłym tygodniu, tak?

– Tak.

– Cichaczem, czy chcesz może trochę wesołej fety?

– Cichaczem.

– Dobrze, odbiorę cię po cichu, bez muzyki i szampana.

Wstałem i ona też wstała. Popatrzyliśmy na siebie. Rozległ się drugi dzwonek, po którym inne kobiety weszły do budynku. Jej oczy znowu obmacywały moją twarz. Wziąłem ją w ramiona, ale nic nie poczułem.

– Trzymaj się, chłopczyku.

– Ty też.

Tak więc pożegnaliśmy się, zanim przyszłoby nam zrobić to w więziennym budynku.

9

Następny tydzień był szczególnie pracowity. Nie pamiętam już, czy to z powodu wykładu, który przygotowywałem pod presją czasu, czy też może sam narzuciłem sobie to tempo, powodowany chęcią sukcesu.

Założenie, jakie poczyniłem, rozpoczynając pracę nad wykładem, było do niczego. Kiedy zacząłem je sprawdzać, tam, gdzie oczekiwałem sensu i potwierdzenia reguły, napotykałem na jedną przypadkowość po drugiej. Zamiast się z tym pogodzić, szukałem dalej, gorączkowo, zawzięcie, bojaźliwie, jakby za sprawą mojego wyobrażenia o rzeczywistości sama rzeczywistość podążała w złym kierunku, i byłem gotów przekręcać wyniki badań, wyolbrzymiać je albo pomniejszać. Popadłem w stan swoistego niepokoju; wprawdzie zasypiałem, jeśli późno kładłem się do łóżka, ale po zaledwie paru godzinach byłem zupełnie przytomny, tak że postanawiałem wstać i od nowa zabrać się do czytania lub pisania.

Robiłem także wszystko to, co przed powrotem Hanny należało zrobić. Urządziłem jej mieszkanie meblami z Ikei i paroma starszymi, zapowiedziałem ją u greckiego krawca i zaktualizowałem, zgodnie z najnowszym stanem, informacje na temat pomocy socjalnej i możliwości kształcenia. Kupiłem jedzenie, ustawiłem książki na regale i zawiesiłem obrazy. Zamówiłem ogrodnika, który uporządkował ogródek wokół należącego do mieszkania tarasu. Także i to robiłem w osobliwym, zaciekłym pośpiechu; było tego dla mnie trochę za dużo.

Ale akurat tyle, żebym nie musiał myśleć o odwiedzinach u Hanny. Tylko czasami, kiedy jechałem samochodem albo zmęczony siedziałem przy biurku, lub kiedy leżałem w łóżku, nie mogąc spać, albo kiedy byłem w mieszkaniu Hanny, myśl o tym była tak uporczywa, że uruchamiała wspomnienia. Widziałem ją na ławce z utkwionym we mnie wzrokiem, widziałem ją na basenie z twarzą zwróconą w moją stronę, i znów miałem uczucie, że ją zdradziłem i że jestem winien. Moje poczucie winy znowu mnie oburzało i znowu ją oskarżałem, uważając, że sposób, w jaki sama oczyściła się ze swojej winy, jest tani i nazbyt prosty. Tylko umarłym pozwolić na żądanie od niej rachunku sumienia, winę i pokutę zredukować do złego snu i koszmarów nocnych – a gdzie tu miejsce dla żyjących? Ale myśląc o żyjących, miałem na uwadze wyłącznie siebie. Czy ja też nie miałem prawa żądać od niej rachunku sumienia? Gdzie w tym wszystkim byłem ja?

Na dzień przed odebraniem Hanny zadzwoniłem po południu do więzienia. Najpierw rozmawiałem z naczelniczką.

– Jestem trochę zdenerwowana. Wie pan, normalnie nie zwalnia się nikogo po tak długim pozbawieniu wolności, zanim wcześniej nie pobędzie kilka godzin albo dni poza aresztem. Ale pani Schmitz tego odmawiała. Nie będzie jej jutro łatwo.

Połączono mnie z Hanną.

– Zastanów się, co będziemy jutro robić. Czy od razu chcesz pojechać do siebie do domu, czy wolisz, żebyśmy poszli do lasu albo nad rzekę.

– Zastanowię się. Ciągle jeszcze lubisz wszystko planować, co?

To mnie zirytowało. Zirytowało tak jak wtedy, gdy czasem przyjaciółki mówiły mi, że nie jestem dość spontaniczny, że za dużo rzeczy wychodzi u mnie z głowy, a za mało z brzucha.

Zauważyła to, gdy zamilkłem i roześmiała się.

– Nie denerwuj się, chłopczyku, nie miałam nic złego na myśli.

Kiedy zobaczyłem Hannę na ławce, zobaczyłem ją jako starą kobietę. Wyglądała jak stara kobieta i pachniała jak stara kobieta. Nie zwróciłem wcale uwagi na jej głos. A głos Hanny nadal był młody.

10

Następnego ranka Hanna już nie żyła. Powiesiła się o świcie.

Kiedy przyjechałem, zaprowadzono mnie do naczelniczki. Po raz pierwszy ją zobaczyłem, małą, chudą kobietę z ciemnoblond włosami, w okularach. Wyglądała niepozornie, dopóki nie zaczęła mówić, z siłą i ciepłem w głosie, ostrym spojrzeniem oraz energicznymi ruchami dłoni i ramion. Spytała mnie o rozmowę telefoniczną poprzedniego wieczoru i o spotkanie tydzień temu. Czy coś przeczuwałem, czegoś się obawiałem? Zaprzeczyłem. Bo nie było żadnych przeczuć ani obaw, które bym wyparł ze świadomości.

– Skąd się państwo znali?

– Mieszkaliśmy niedaleko.

Przyjrzała mi się bacznie i zrozumiałem, że muszę powiedzieć coś więcej.

– Mieszkaliśmy niedaleko i poznaliśmy się, zaprzyjaźniliśmy. Na początku studiów byłem na procesie, podczas którego ją skazano.

– Dlaczego wysyłał jej pan kasety?

Milczałem.

– Wiedział pan, że jest analfabetką, prawda? Skąd pan to wiedział?

Wzruszyłem ramionami. Nie widziałem powodu, żeby opowiadać jej moją i Hanny historię. Co ją to obchodzi. Dławiło mnie w piersiach i gardle i bałem się, że nie będę mógł mówić. Nie chciałem przy niej płakać.

Chyba widziała, co się ze mną działo.

– Chodźmy, pokażę panu celę pani Schmitz.

Szła przodem, co chwila jednak się odwracała, żeby mi coś powiedzieć albo objaśnić. Tutaj mieli przypuścić atak terroryści, tu jest szwalnia, w której pracowała Hanna, tutaj Hanna prowadziła strajk okupacyjny tak długo, aż skorygowano cięcia wydatków na bibliotekę, tędy idzie się do biblioteki. Zatrzymała się przed celą.

– Pani Schmitz niczego nie spakowała. Zobaczy pan celę taką, w jakiej żyła.

Łóżko, szafa, stół i krzesło, na ścianie nad stołem półki, a w kącie za drzwiami umywalka i klozet. Zamiast okna hartowane szkło. Na stole nic nie leżało. Na półce stały książki, budzik, miś z materiału, dwa kubki, kawa rozpuszczalna, puszki z herbatą, magnetofon i w dwóch niskich przegródkach nagrane przeze mnie kasety.

– To nie wszystkie. – Kierowniczka podążała za moim wzrokiem. – Pani Schmitz zawsze pożyczała trochę kaset pomocnikom niewidomych więźniów.

Podszedłem do półki. Primo Levi, Elie Wiesel, Tadeusz Borowski, Jean Améry – literatura ofiar obok autobiograficznych zapisów Rudolfa Hössa, raportu Hannah Arendt o Eichmannie w Jerozolimie i naukowych opracowań na temat obozów koncentracyjnych.

– Czy Hanna to czytała?

– W każdym razie zamawiała po głębokim namyśle. Już przed wielu laty musiałam sprowadzić dla niej ogólną bibliografię na temat kacetów, a rok czy dwa lata temu prosiła, by podać jej tytuły książek o kobietach w obozach, więźniarkach i strażniczkach. Napisałam do Instytutu Historii Współczesnej, skąd przysłano mi pocztą odpowiednią bibliografię. Kiedy pani Schmitz nauczyła się czytać, zaczęła od książek o kacetach.

Nad łóżkiem wisiało dużo obrazków i karteczek. Ukląkłem na łóżku i czytałem. Były to cytaty, wiersze, krótkie informacje, a także przepisy kulinarne, które Hanna zanotowała albo, tak jak obrazki, wycięła z gazety lub jakiegoś pisma. „Wiosna znowu trzepocze niebieską wstęgą na wietrze"*. „Cień chmur ucieka przez pola"**. Wiersze były pełne radości, tęsknoty za przyrodą, a obrazki ukazywały wiosenny las, kolorowe od kwiatów łąki, jesienne liście i różne drzewa, wierzbę nad strumieniem, wiśnię z dojrzałymi czerwonymi owocami, jesienny kasztan w żółtych i pomarańczowych płomiennych barwach. Jakieś zdjęcie z gazety przedstawiało starszego i młodszego mężczyznę: obaj są w ciemnych garniturach, podają sobie ręce; w młodszym, który skłania się przed starszym, rozpoznałem siebie. Maturzystę, który podczas wręczania świadectw odbiera z rąk rektora jakąś nagrodę. Było to długo po tym, gdy Hanna opuściła miasto. Mimo że nie umiała czytać, prenumerowała lokalną gazetę, w której ukazało się zdjęcie? Musiało ją to w każdym razie kosztować sporo zachodu, żeby dowiedzieć się o zdjęciu i żeby je zdobyć. Miała je w czasie procesu? Miała je z sobą? Znowu poczułem łzy w gardle.

– Czytać uczyła się z panem. Wypożyczała w bibliotece książki, które nagrał jej pan na kasetę, i słuchając, śledziła słowo po słowie, zdanie po zdaniu. Magnetofon nie wytrzymywał zbyt długo takiego częstego włączania i wyłączania, przewijania w jedną i w drugą stronę, ciągle się psuł i wciąż trzeba go było naprawiać, a ponieważ wymaga to pozwolenia, w końcu się dowiedziałam, co robi pani Schmitz. Na początku nie chciała mi tego powiedzieć, ale kiedy zaczęła także pisać i poprosiła o książkę z kaligrafią, nie próbowała już dłużej niczego ukrywać. Była po prostu dumna, że tego dokonała, i chciała się podzielić swoją radością.

Gdy to mówiła, nadal klęczałem ze wzrokiem utkwionym w obrazki i kartki i starałem się stłumić łzy. Kiedy się odwróciłem i usiadłem na łóżku, powiedziała:

– Miała nadzieję, że pan do niej napisze. Dostawała pocztę tylko od pana i kiedy rozdzielano listy, pytała: „Nie ma nic dla mnie?".

---

* Eduard Friedrich Mörike, *Wiosna*.

** Detlev von Liliencron, *Marcowy dzień*.

I nie miała wtedy na myśli paczki z kasetami. Dlaczego nigdy pan nie napisał?

Milczałem. Nie mogłem mówić; zdołałbym tylko coś wymamrotać i się rozpłakać.

Podeszła do półki, sięgnęła po puszkę od herbaty, usiadła obok mnie i z kieszeni kostiumu wyjęła złożoną kartkę.

– Zostawiła mi list, rodzaj testamentu. Przeczytam to, co dotyczy pana. – Rozłożyła kartkę. – „W fioletowej puszce po herbacie są pieniądze. Niech je pani da Michaelowi Bergowi; niech on je, a także 7000 marek, które są w kasie oszczędnościowej, da tej córce, która ze swoją matką przeżyła pożar w kościele. Ona sama zdecyduje, co z nimi zrobić. I niech mu pani powie, że go pozdrawiam".

Nie zostawiła mi więc żadnej wiadomości. Czy w ten sposób chciała mnie dotknąć? Ukarać? Czy czuła się już tak umęczona, że była w stanie zrobić i napisać tylko to, co niezbędne?

– Jaka była przez te lata... – Odczekałem, aż znowu będę mógł mówić. – I jaka była w ostatnich dniach?

– Przez wiele lat żyła tu jak w klasztorze. Jakby sama się wycofała, z własnej woli poddała tutejszym porządkom i jakby ta dość monotonna praca była rodzajem medytacji. U innych kobiet, wobec których zachowywała uprzejmy dystans, cieszyła się szczególnym poważaniem. Co więcej, miała autorytet; pytano ją o radę, jeśli wynikały jakieś problemy, a kiedy wdała się w spór, akceptowano to, co ona zdecydowała. Aż kilka lat temu się poddała. Zawsze o siebie dbała, mimo silnej budowy była jednak szczupła, no i szalenie, wręcz pedantycznie czysta. Potem zaczęła dużo jeść, rzadko się myć, więc utyła i brzydko pachniała. Ale nie sprawiała wrażenia nieszczęśliwej czy niezadowolonej. Właściwie wyglądało to tak, jakby wycofanie się do klasztoru już nie wystarczało, jakby nawet w klasztorze było zbyt wesoło i gwarnie i jakby musiała się jeszcze bardziej wycofać, do samotnej klauzury, w której nikt już jej nie widzi, a wygląd, ubranie i zapach nie mają żadnego znaczenia. Nie, nie poddała się, to źle powiedziane. Zdefiniowała na nowo swoje miejsce w sposób, który jej odpowiadał, ale na innych kobietach nie robił dobrego wrażenia.

– A w ostatnie dni?

– Była taka, jak zawsze.

– Czy mogę ją zobaczyć?

Skinęła głową, ale nadal siedziała.

– Czy po latach samotności świat może się komuś wydać aż tak nie do zniesienia? Że woli się zabić, niż powrócić do niego ze swojego klasztoru, ze swej pustelni? – Spojrzała w moją stronę. – Pani Schmitz nie napisała, dlaczego się zabiła. A pan nic nie mówi, co między wami zaszło, choć być może sprawiło, że pani Schmitz zabiła się tego dnia, kiedy miał ją pan odebrać.

Złożyła kartkę, wsunęła do kieszeni, wstała i wygładziła spódnicę.

– Śmierć pani Schmitz bardzo mnie dotknęła, wie pan, i w tej chwili jestem bardzo zła, i na panią Schmitz, i na pana. Ale chodźmy.

Znowu szła przodem, tym razem bez słowa. Hanna leżała na oddziale szpitalnym w jakimś małym pomieszczeniu. Mogliśmy się tylko wsunąć pomiędzy nosze a ścianę. Naczelniczka uniosła płótno.

Hanna miała zawiązaną chustę wokół głowy, żeby podtrzymać brodę, zanim nastąpi stężenie pośmiertne. Jej twarz nie wyrażała ani szczególnego spokoju, ani szczególnej męki. Wyglądała jak stężała i martwa. Kiedy długo się w nią wpatrywałem, zdawało mi się, że w tej martwej starej twarzy ożywa coś młodego. Musi tak chyba być ze starymi małżeństwami, pomyślałem. Dla niej w starym mężczyźnie tkwi ten młody, a dla niego piękno i wdzięk młodej kobiety nadal tkwią w tej starej. Czemu nie dostrzegłem w niej tego przed tygodniem?

Nie chciało mi się już płakać. Kiedy po chwili naczelniczka spojrzała na mnie pytająco, kiwnąłem głową, a wtedy ponownie nakryła płótnem twarz Hanny.

11

Była już jesień, kiedy spełniłem polecenie Hanny. Ocalała z pożaru kobieta mieszkała w Nowym Jorku, skorzystałem więc z pobytu na konferencji w Bostonie, by przy tej okazji zawieźć pieniądze: czek na sumę z książeczki oszczędnościowej i puszkę po herbacie z gotówką. Napisałem, przedstawiłem się jako historyk prawa i wspomniałem o procesie. Byłbym wdzięczny, gdybym mógł z nią porozmawiać. Zaprosiła mnie na herbatę.

Z Bostonu do Nowego Jorku pojechałem pociągiem. Lasy mieniły się brązowymi, żółtymi, pomarańczowymi, czerwonorudymi i brązowoczerwonymi barwami oraz płomienną, gorejącą czerwienią klonów. Przychodziły mi na myśl obrazki jesieni z celi Hanny. Kiedy usnąłem, znużony stukotem kół i kołysaniem wagonu, przyśniła mi się Hanna; była ze mną w jakimś domu pośród kolorowych jesiennych wzgórz, którymi jechał pociąg. Hanna była starsza niż wtedy, kiedy ją poznałem, i młodsza niż wówczas, kiedy ją znowu spotkałem, starsza niż ja, piękniejsza niż wcześniej, z wiekiem jeszcze bardziej swobodna w ruchach i lepiej czująca się we własnym ciele. Widziałem ją, jak wysiada z samochodu i bierze na ręce torby z zakupami, widziałem, jak zmierza do domu przez ogród, widziałem, jak odstawia torby i idzie przede mną po schodach. Tęsknota za Hanną była tak wielka, że aż mnie to bolało. Broniłem się przed tą tęsknotą, zarzucałem jej, że rozmija się całkowicie z Hanny i moją rzeczywistością, z naszym prawdziwym wiekiem, z naszym życiem. Jak Hanna, która nie mówiła po angielsku, miałaby mieszkać w Ameryce? I przecież nie umiała prowadzić samochodu.

Obudziłem się. I znowu wiedziałem, że Hanna nie żyje. Wiedziałem też, że tęsknota, która ją uosabia, wcale jej nie dotyczy. Była to tęsknota za powrotem do domu.

Dotarłem do Nowego Jorku i odnalazłem uliczkę w pobliżu Central Parku. Po obu jej stronach ciągnęły się rzędy starych szeregowych domów z ciemnego piaskowca, w których schody, z tego samego ciemnego piaskowca, prowadziły na wysoki parter. Dawało to surowy obraz: dom za domem, fasady nieomal jednakowe, schody za schodami, na ulicy drzewa w regularnych odstępach, z niewieloma żółtymi liśćmi na wątłych gałązkach, zasadzone tu niedawno.

Gospodyni poczęstowała mnie herbatą; podała ją na stoliku przed wielkimi oknami z widokiem na ogródki w tym czworokącie domów, to zielone i kolorowe, to zaśmiecone starymi gratami. Kiedy usiedliśmy, po nalaniu herbaty, nasypaniu i zamieszaniu cukru, przeszła z angielskiego, w którym się ze mną przywitała, na niemiecki.

– Co pana do mnie sprowadza? – spytała ani nie uprzejmie, ani nie szorstko, niezwykle rzeczowym tonem.

Wszystko w niej wydawało się rzeczowe, postawa, gestykulacja, ubranie. Z twarzy trudno było odgadnąć jej wiek. Wyglądała jak po liftingu. A może zastygła pod dawnym cierpieniem; na próżno usiłowałem przypomnieć sobie tę twarz, którą musiałem widzieć podczas procesu.

Opowiedziałem o śmierci Hanny i jej poleceniu.

– Dlaczego ja?

– Zapewne dlatego, że to pani przeżyła pożar.

– I co mam z tym zrobić?

– Cokolwiek uzna pani za sensowne.

– I w ten sposób mam rozgrzeszyć panią Schmitz?

Z początku chciałem zaprzeczyć, ale Hanna w istocie zbyt dużo żądała. Lata w więzieniu miały być nie tylko nałożoną na nią pokutą; sama pragnęła nadać im jakiś sens i chciała, żeby to zrozumiano i doceniono. Powiedziałem to na głos.

Potrząsała głową. Nie wiedziałem, czy chce zaprzeczyć mojej interpretacji, czy odmawia Hannie uznania.

– A nie mogłaby pani spełnić jej prośby, nie dając jej rozgrzeszenia?

Roześmiała się.

– Lubi ją pan, prawda? Co was właściwie łączyło?

Zwlekałem chwilę.

– Czytałem jej na głos różne książki. Zaczęło się, kiedy miałem piętnaście lat. A potem, kiedy siedziała w więzieniu.

– Jak pan...

– Wysyłałem kasety. Pani Schmitz prawie przez całe życie była analfabetką, dopiero w więzieniu nauczyła się czytać i pisać.

– Dlaczego pan to robił?

– Byliśmy ze sobą, kiedy miałem piętnaście lat.

– Ma pan na myśli to, że spaliście ze sobą?

– Tak.

– Jakże brutalna była ta kobieta. Jak pan sobie z tym poradził, mając piętnaście... Nie, sam pan mówi, że zaczął jej znowu czytać, kiedy siedziała w więzieniu. Czy kiedykolwiek był pan żonaty?

Przytaknąłem.

– I małżeństwo okazało się krótkie i nieszczęśliwe, a potem nigdy się pan nie ożenił, a dziecko, jeśli jest takowe, przebywa w internacie.

– To samo dotyczy tysięcy ludzi; nie potrzeba do tego żadnej pani Schmitz.

– Skoro miał pan z nią kontakt w ostatnich latach, czy kiedykolwiek pan poczuł, że wiedziała, co panu uczyniła?

Wzruszyłem ramionami.

– W każdym razie wiedziała, co uczyniła innym, w obozie i podczas marszu. I nie tylko mi to powiedziała, ale intensywnie się tym zajmowała przez ostatnie lata pobytu w areszcie.

Opowiedziałem jej, co mi mówiła naczelniczka więzienia.

Wstała i zaczęła przemierzać pokój wielkimi krokami.

– O jakie pieniądze tu chodzi?

Poszedłem na korytarz, gdzie zostawiłem teczkę, i wróciłem z czekiem i puszką po herbacie.

– Proszę.

Spojrzała na czek i położyła go na stole. Puszkę otworzyła, opróżniła, zamknęła i trzymała w dłoni, nie odrywając od niej wzroku.

– Jako mała dziewczynka też miałam puszkę po herbacie, chowałam w niej swoje skarby. Nie taką jak ta, chociaż wtedy były już takie puszki na herbatę, ale z napisem w cyrylicy, a wieczka nie wciskało się, tylko nakładało. Zabrałam ją nawet do obozu, ale tam mi ją któregoś dnia skradziono.

– Co było w środku?

– Co bądź. Pukiel naszego pudla, bilety z oper, na które zabierał mnie ojciec, pierścionek, gdzieś wygrany albo znaleziony w jakimś opakowaniu. Skradziono mi ją nie z powodu zawartości. Puszka sama w sobie i ze względu na to, do czego mogła się przydać, była w obozie dużo warta. – Postawiła puszkę na czeku Hanny. – Ma pan pomysł, na co można by przeznaczyć te pieniądze? Spożytkowanie ich na coś, co ma związek z Holocaustem, wydawałoby mi się rozgrzeszeniem, którego ani nie mogę, ani nie chcę udzielić.

– Na analfabetów, którzy chcieliby się nauczyć czytać i pisać. Są na pewno takie fundacje, zrzeszenia, towarzystwa, którym warto by dać te pieniądze.

– Pewnie są – zastanawiała się na głos.

– Czy istnieją również żydowskie stowarzyszenia tego rodzaju?

– Może mi pan wierzyć, że jeśli istnieje założone w jakimś celu stowarzyszenie, to na pewno istnieje też i żydowskie. Chociaż analfabetyzm nie jest akurat żydowską specjalnością.

Przesunęła w moją stronę czek i pieniądze.

– Zróbmy tak. Dowie się pan, czy są odpowiednie żydowskie instytucje, tu albo w Niemczech, i przekaże pieniądze na konto tej, która najbardziej pana przekona. Może pan – roześmiała się – jeśli uznanie jest takie ważne, przekazać pieniądze w imieniu Hanny Schmitz.

Wzięła puszkę do ręki.

– Ja zatrzymam puszkę.

12

Od tamtego czasu upłynęło już dziesięć lat. Przez pierwsze lata po śmierci Hanny nękały mnie stare pytania, czy ją zdradziłem i czy się jej wyparłem, czy pozostawałem jej coś dłużny, czy kochając ją, stałem się winny, czy i jak miałbym się jej wtedy wyrzec, wyzwolić się od niej. Czasami zadawałem sobie pytanie, czy jestem odpowiedzialny za jej śmierć. I czasami byłem rozgniewany na nią i na to, co mi zrobiła. Aż gniew się wypalił, a pytania straciły ważność. To, co zrobiłem, czego nie uczyniłem, co zrobiła mi ona – stało się moim życiem.

Zamiar spisania naszej historii, Hanny i mojej, powziąłem wkrótce po śmierci Hanny. Od tego czasu nasza historia zapisywała się w mojej głowie wiele razy, ciągle nieco inaczej, ciągle nowymi obrazami, strzępami akcji i myśli. Tak więc obok wersji, którą napisałem, istnieje wiele innych. Rękojmię tego, że ta napisana jest tą właściwą, stanowił fakt, że to właśnie ją spisałem, a innych wersji nie. Spisana wersja chciała być zapisana, wiele innych tego nie chciało.

Najpierw zamierzałem napisać naszą historię, żeby się jej pozbyć. Ale do tego celu nie udało mi się uruchomić wspomnień. Potem zauważyłem, że mi się wymknęła, i chciałem ją tym pisaniem przywołać, ale to także nie sprowokowało wspomnień. Na kilka lat zostawiłem ją w spokoju. Zawarłem z nią rozejm. I wróciła, szczegół po szczególe, ukształtowana, zamknięta i osądzona w taki sposób, że nie napawa mnie już smutkiem. Co za smutna historia, myślałem przez długi czas. Nie, żebym teraz myślał, że była szczęśliwa. Ale uważam, że wszystko się w niej zgadza, i pytanie, czy jest smutna, czy szczęśliwa, nie ma żadnego znaczenia.

W każdym razie tak sądzę, kiedy po prostu o niej myślę. Jeśli jednak coś mnie zrani, znowu wychodzą na wierzch odniesione wtedy rany, jeśli zaś czuję się winny, odzywają się ówczesne wyrzuty sumienia, a w dzisiejszej tęsknocie, dzisiejszej nostalgii czuję tamtą tęsknotę i tamtą nostalgię. Warstwy naszego życia leżą tak gęsto jedna na drugiej, że w tym, co później stale nas spotyka, jest coś, co było wcześniej, i co nie jest zakończone i załatwione, ale współczesne i nadal żywotne. Rozumiem to. Ale uważam, że czasami jest to trudne do zniesienia. Być może jednak spisałem naszą historię, żeby się jej pozbyć, nawet jeśli nie mogę tego zrobić.

Pieniądze Hanny zaraz po powrocie z Nowego Jorku przelałem pod jej nazwiskiem na konto Jewish League Against Illiteracy. Dostałem krótki, napisany na komputerze list, w którym Jewish League dziękuje Ms. Hannie Schmitz za jej darowiznę. Z listem w kieszeni pojechałem na cmentarz na grób Hanny. Był to pierwszy i jedyny raz, kiedy stałem przy jej grobie.

Książkę wydrukowano na papierze
Amber Volume 80 g/m²

Amber
BY ARCTIC PAPER

www.arcticpaper.com

Warszawskie Wydawnictwo Literackie
MUZA SA
ul. Marszałkowska 8, 00-590 Warszawa
tel. 022 6290477, 022 6296524
e-mail: info@muza.com.pl

Dział zamówień: 022 6286360, 022 6293201
Księgarnia internetowa: www.muza.com.pl

Warszawa 2009
Wydanie I

Skład i łamanie: MAGRAF s.c., Bydgoszcz
Druk i oprawa: OZGraf, Olsztyn